기획의 말

그리운 마음일 때 'I Miss You'라고 하는 것은 '내게서 당신이 빠져 있기(miss) 때문에 나는 충분한 존재가 될 수 없다'는 뜻이라는 게 소설가 쓰시마 유코의 아름다운 해석이다. 현재의 세계에는 틀림없이 결여가 있어서 우리는 언제나 무언가를 그리워한다. 한때 우리를 벅차게 했으나 이제는 읽을 수 없게 된 옛날의 시집을 되살리는 작업 또한 그 그리움의 일이다. 어떤 시집이 빠져 있는 한, 우리의 시는 충분해질 수 없다.

더 나아가 옛 시집을 복간하는 일은 한국 시문학사의 역동성이 드러나는 장을 여는 일이 될 수도 있다. 하나의 새로운 예술작품이 창조될 때 일어나는 일은 과거에 있었던 모든 예술작품에도 동시에 일어난다는 것이 시인 엘리엇의 오래된 말이다. 과거가 이룩해놓은 질서는 현재의 성취에 영향받아 다시 배치된다는 것이다. 우리는 현재의 빛에 의지해 어떤 과거를 선택할 것인가. 그렇게 시사(詩史)는 되돌아보며 전진한다.

이 일들을 문학동네는 이미 한 적이 있다. 1996년 11월 황동규, 마종기, 강은교의 청년기 시집들을 복간하며 '포에지 2000' 시리즈가 시작됐다. "생이 덧없고 힘겨울 때 이따금 가슴으로 암송했던 시들, 이미 절판되어 오래된 명성으로만 만날 수 있었던 시들, 동시대를 대표하는 시인들의 젊은 날의 아름다운 연가(戀歌)가 여기 되살아납니다." 당시로서는 드물고 귀했던 그 일을 우리는 이제 다시 시작해보려 한다.

기획의 말

그리운 마음일 때 'I Miss You'라고 하는 것은 '내게서 당신이 빠져 있기(miss) 때문에 나는 충분한 존재가 될 수 없다'는 뜻이라는 게 소설가 쓰시마 유코의 아름다운 해석이다. 현재의 세계에는 틀림없이 결여가 있어서 우리는 언제나 무언가를 그리워한다. 한때 우리를 벅차게 했으나 이제는 읽을 수 없게 된 옛날의 시집을 되살리는 작업 또한 그 그리움의 일이다. 어떤 시집이 빠져 있는 한, 우리의 시는 충분해질 수 없다.

더 나아가 옛 시집을 복간하는 일은 한국 시문학사의 풍성이 드러나는 장을 여는 일이 될 수도 있다. 하나의 새로운 예술작품이 창조될 때 일어나는 일은 과거에 있었던 모든 예술작품에도 동시에 일어난다는 것이 시인 엘리엇의 오래된 말이다. 과거가 이룩해놓은 질서는 현재의 성취에 영향받아 다시 배치된다는 것이다. 우리는 현재의 빛에 의지해 어떤 과거를 선택할 것인가. 그렇게 시사(詩史)는 되돌아보며 전진한다.

이 일들을 문학동네는 이미 한 적이 있다. 1996년 11월 황동규, 마종기, 강은교의 청년기 시집들을 복간하며 '포에지 2000' 시리즈가 시작됐다. "생이 덧없고 허기질 때 이따금 가슴으로 암송했던 시들, 이미 절판되어 오래된 명성으로만 만날 수 있었던 시들, 동시대를 대표하는 시인들의 젊은 날의 아름다운 연가(戀歌)가 여기 되살아납니다." 당시로서는 드물고 귀했던 그 일을 우리는 이제 다시 시작해보려 한다.

날으는 고슴도치 아가씨

문학동네포에지 017

김민정 시집

날으는
고슴도치
아가씨

시인의 말

내가 맘껏 뜯어먹을 수 있게 나를 구워준

나의 오븐이자 빵이며 우물거리는 입인

김연회 아빠, 양은숙 엄마,

당신들 덕분에 이리 배부른 나입니다.

2005년 봄
김민정

개정판 시인의 말

1

1995년부터 2005년까지 쓴 시들이다. 스물에서 서른까지 꼬박 10년의 시들이다. 지우지 못해 기억하던 시들이고 버리지 못해 간직하던 시들이다. 첫 시집으로 묶고서는 그만 너무 나만 같아서 세상에서 사라지기를 바라던 시들이다. 간절히 원하면 이뤄진다더니 절판으로 몇 년 세상에서 사라져주기도 하던 시들이다.

2

2005년 첫 시집을 준비할 때 애초에 4부로 풀어 기획했던 것을 막판에 3부로 조이면서 오도 가도 못하게 된 시들이 좀 있었다. 내가 나로 온전히 읽히고 싶다는 긍정의 의지와 내가 나로 들킬까 잡아뗄 부정의 요량이 크게 부딪쳤던 기억이 난다. 시의 집을 새로 짓는 이참에 네 자리가 여기였지 기억을 되살려 예 앉혀보았다. 그렇게 내 처음의 첫 시집. 누가 볼세라 (누구 봐줄 사람도 없었지만) 출력하여 누런 서류봉투에 죄다 넣어서는 어딜 가든 들고 다녔던 한 묶음의 시들, 시절들. 흘림 없이 빠짐 없이 여기에 둔다. 이 밖에 나는 더는 없을 것이다.

2021년 3월
김민정

차례

2부 나는야 폴짝

3부 그녀들의 메르헨

4부 아는 사람입니까?

1부 살수제비 끓이는 아이

응시

몇 군데 작은 칼질*을 당한 그녀가
몇 개의 작은 칼날을 부득부득 씹어 삼키고 있어요.

* 몇 군데 작은 칼질: 프리다 칼로의 그림.

나는 안 닮고 나를 닮은 검은 나나들

고통에 찬 빨래 빨기

청동 기마상에 올라탄 갑옷이 두구둑 두구둑 입으로 말을 달려와 끝 간 데 없이 긴 말라깽이 창으로 세탁기를 찔러댔다 드럼통 안에 웅크려 있던 여자는 입 발굽 소리에 맞춰 완자처럼 땡글땡글 온몸을 말아갔다 얘야 이리 온 내가 그네를 태워줄게 어둠 저 깊숙한 현을 빨아들였다 내뱉길 반복하는 늘어진 줄넘기는 잠든 여자를 타고 맘껏 넘나들었다 쫙 다 펼친 부채꼴로 다리를 안 벌리면 구렁이처럼 배알 굵은 고무테가 여자의 허벅다리를 휘감쳤다 독이 무서운 게 아니었다 여자는 도톰하게 살 오른 자신의 음부 위에 뱀이 곧 새끼들을 낳을 거란 전보를 읽어댔다 50원짜리 동전처럼 작아지게 해주세요 여자는 빨간 돼지저금통 속에서 똑 소리 나게 섞이고 싶었다 다 갈아먹고 난 커피 봉지처럼 향으로만 남게 해주세요 여자는 수세미로 빡빡 닦아내도 가시지 않는 제 살냄새를 어떻게든 태워버리고 싶었다 여자는 그러나 자꾸자꾸 자라났다 자꾸자꾸 자라나 접어봤자 물에 불린 오리털 점퍼만해져갔다 세탁기를 찔러대는 갑옷의 창끝에 달궈 이은 칼날들이 하나둘 늘어나기 시작했다 여자는 포르말린 속을 떠돌며 피칠 두른 살 껍질들을 불려나갔다 포크에 찍힌 먹음직한 프랑크 소시지처럼 칼집 내지지 않도록 네모진 황금색 생강엿 덩어리처럼 대패질당하지 않도록 여자는 밤마다 세탁중이었다

회상의 회상

담배 피우다 담배 먹은 엄마가 글쎄 날 염통 속에서 건졌다지 뭐예요 아마도 연기가 매콤해서 내가 재채기를 했나봐요 훌쩍거리는 내 콧소리를 듣고 주먹을 입에 넣어 바람 빠진 럭비공 같은 염통을 턱 하니 뽑아냈다나요 염통 껍질에 크림치즈를 바르고서 시뻘겋게 달군 석쇠에 지글지글 구웠더니 앗 뜨거 앗 뜨거 하면서 내가 혈관 솔기를 뜯고 나와 까꿍 했대요 난 가끔 엄마의 목구멍에 미끄럼틀이 깔려 있는 건 아닐까 속 깊이 플래시를 비춰보곤 해요 그러다 심심해지면 미끄럼틀을 타고 미끄러져보다 엉덩방아를 찧기도 하죠 줄줄이 총살당한 죄인들처럼 고개를 늘어뜨린 바나나나무들이 죽기 전에 참 많은 바나나를 흘려놓았거든요 만일 엄마가 봤으면 기를 쓰고 다 주웠을 텐데 그럼 나도 다 까먹고 배 터져 죽었을 텐데…… 참, 엄마의 애기집 속에는 아직 한 아이가 살고 있어요 하지만 난 개를 좋아하지 못해요 바나나 나라에서 바나나 씨로 날아온 개가 내 탯줄까지 쪽쪽 빨아먹고는 10여 센티 장딴지로 혼자 굵어갔거든요 나가 나가 당장 우리집에서 짐 빼 그 아인 살색 샤프심처럼 삐쩍 곯은 발 염통까지 단번에 걷어차버렸어요 우두둑우두둑 부러진 내 뼛조각들이 울며불며 사방으로 튀었어요 그러다 그 아이 장딴지가 너무 불어 빵빵해진 풍선처럼 빵 하고 터져버렸어요 하지만 뽑혀나간 내 탯줄은 영 찾을 수가 없었어요 코털 한 가닥만 떨구어도 바나나로 때려죽

이겠다고 그 아이가 안 보이는 이빨로 날 따라다니면서 자근자근 씹어댔거든요 어떡하죠 미처 주워오지 못한 내 물렁뼈들이 거기 묻혀 있는데 어떡하죠 어긋난 내 팔다리뼈 사이로 콸콸콸 피가 고이기 시작했다는데 어떡하죠 진공청소기로 빨아내기 전에 엄마가 애기집을 싹 다 부시고 이사 가겠다고 하는데……

엄마, 학교 다녀오겠습니다

주황색 플라스틱에 까만 글씨를 판 이름표를 달고 나는 매일매일 학교에 간다 비 맞은 구두가 아직 덜 말랐는데 나 오늘 학교 안 가면 안 돼? 엄마는 송곳처럼 뾰쪽뾰쪽 깎은 세 자루의 연필과 면도칼을 세워 내 호주머니 속에 넣어준다 가다 가다 어김없이 가나안정육점 앞에서 외팔이 소년을 만난다 외팔이 소년은 제 한 팔을 갈아먹은 고기 써는 기계에 내 한 다리를 쑤셔넣고는 오늘도 영구 흉내를 내 보인다 띠리리리리리 띠리리리리리 바람이 외팔이 소년의 손 없는 팔에 퉁퉁 불린 소매를 달아준다 똑같지? 아니 아니 하나도 안 똑같애 외팔이 소년은 불어난 소매 끝에 갈고리를 끼워 내 목둘레를 둘러 긋기 시작한다 똑같은 거야, 알았어? 덜렁덜렁해진 모가지로 끄덕끄덕하며 나는 호주머니에서 연필을 꺼내 외팔이 소년의 혀를 꾸욱 하고 찍어버린다 구멍 난 혀를 면도칼로 잘라 신주머니에 넣으며 나는 매일매일 학교에 간다 덜렁덜렁해진 모가지에서 빨간 물감에 절인 빗물 같은 피가 숙제

장 위로 뚝뚝 떨어진다 사방에서 남자애들이 코를 싸쥔 채 오줌을 갈겨댄다 선생님이 막대기로 남자애들의 머리통을 탕탕 후리더니 날 안고 화장실로 간다 어김없이 선생님은 내 교복블라우스 앞가슴 새에 입술을 비벼 넣더니 단추 하나를 먹어버린다 걱정 마 도로 달아줄게 교복블라우스 단추를 다 먹어치운 선생님이 내 젖꼭지를 꼬집어 뜯더니 동글동글 반죽하기 시작한다 봐 선생님이 단추 만들어준다고 했잖아 아니 아니 실 바늘은 못 만들잖아요 나는 호주머니에서 연필을 꺼내 선생님의 손등을 꾸욱 하고 찍어버린다 구멍난 손등을 면도칼로 잘라 신주머니에 넣으며 나는 매일매일 학교에 간다 가다 가다 집에 오는 길이면 어김없이 대머리 물미역 장수가 나를 쫓아온다 대머리 물미역 장수는 제 성기에 물미역을 둘둘 감아 내 입속에 밀어넣는다 물 좋다니까 대머리 물미역 장수가 물미역이 둘둘 감긴 제 성기로 내 치마 속을 쑤시고 들어온다 아니 아니 쉿내 나게 상했다고 했잖아요 나는 호주머니에서 연필을 꺼내 대머리 물미역 장수의 성기를 꾸욱 하고 찍어버린다 구멍난 성기를 면도칼로 잘라 신주머니에 넣으며 매일매일 나는 학교에 갔다

아멘!

그거 알아요? 교수형당한 시체를 놓고 싸우던 해골들*이 날 2번 타자로 지명했대요 느낄 수 있었어요 롤케이크에 박힌 바닐라 맛 생크림처럼 내 배가 노골노골해지

고 있었던걸요 맛볼 수 있었어요 거무튀튀한 토사물 속에서 꼬물거리던 애벌레들 건져 씹어보면 비앙카 향 피죤 냄새가 났던걸요 서두르지 말아요 항문을 뚫고 들어온 쇠꼭지 달린 팽이가 지금 막 내 관자놀이를 관통하는 중이니까요 축하해요 당신, 바라던 대로 머잖아 나는 한 스푼의 살비듬으로 남게 될 테니까요 당신은 물에 날 타 마시고 차츰 나 없는 내가 되어가겠죠 내 귀뿌리를 씹어대며 추워 추워 안으로 들어갈래 턱 빠지게 악 써대던 지난밤을 떠올려봐요 목말라 목말라 피 좀 줘 바싹 졸은 오줌보로 딸기잼 같은 내 생리혈 받아 입 축이던 간밤의 일도 한번 떠올려봐요 나는 떠올려요 사랑의 신 에로스가 내게 놀러온다 했을 때 붕대를 죄다 풀어 길을 엉키게 한 일, 또한 나는 떠올려요 가면 쓴 유령이라면 어때 누구든지 눕혀놓고 귀지를 파준다고 하고선 고막까지 파내 모조리 귀머거리를 만들어버린 일, 자자, 달리의 뭉크러진 시계추가 땡땡 언 땅을 두드리기 시작했어요 우리 숨바꼭질하며 남은 시간을 보내는 건 어때요? 내가 잡히면 휴대용 낫으로 난소 두 개를 캐내 꿀이 흐르는 당신 젖통이로 선물할게요 내가 지면 달군 펜치로 금니 두 개를 뽑아 당신 눈동자로 선물할게요 흰자위에 박혀 반짝반짝 빛날 당신 눈동자로요 Are you ready?

고통에 찬 빨래 되기

낮에도 여자는 늘 세탁중이네 피칠 두른 살에 지져진

얼룩들이 남아 영 지워지질 않네 회전하는 드럼통 안에도 흉터처럼 얼룩들 남아 닦고 또 닦아도 아이 참 이 씨부럴 놈의 얼룩들 지워지질 않고 도돌이표 도돌이표로 다시 밤마다 :‖

* 교수형당한 시체를 놓고 싸우는 해골들: 제임스 앙소르의 그림.

검은 나나의 꿈

나는 유체 이탈하여 천장에 붙어 있다 이럴 때마다
내 몸에서 얇은 막 하나 하나가 양파 표피 세포처럼
핀셋으로 집혀나가고 건조한 살비듬만이 남아
내 발가락을 지탱한다 가렵다 가려워 긁을수록
노래하고 싶어진다 목이 마르다
주위에 아무도 없나 새벽 세시지만 가끔
미친 척하고 달려주는 열차가 있다

1
남자가 손에 쥔 것은 손잡이가 아니었다
배의 속 씨방처럼 까만 두 눈알을 감춘 제
성기였다 숨가쁜 속력으로 열차가 휘청거릴 때마다
갈고리를 닮은 손잡이들
공중제비하듯 허공마저 걷어올리지만
푹 젖은 바지 앞섶, 불룩하게 벌어진 지퍼 사이로
덜렁덜렁, 어디에도 걸려들지 못한 남자는
손에 쥔 제 것을 함빡 움켜쥘 뿐이었다

2
활어의 막 절개한 아가미 같은 눈으로
여자는 울었다 느낌표를 따라 담 밑에 숨었다가
야구공에 얻어맞고도 히죽거리던 때가 있었어
물음표가 와도 따라갈래? 아냐아니으응…… 응!
김 서린 열차의 창문을 노트 삼아

볼이 굵은 우윳빛 심지를 가진
두 개의 젖꼭지로 여자가 글씨를 새긴다
음부 속의 음핵이 드디어 눈을 떴다……

3
텅 빈 열차 안
인원 초과로 삐 소리를 내는 엘리베이터처럼
경보음 울리고 문이 열려도
아무도 올라타지 못한다 이미
너무 많은 사람이
우리 곁에 있었다

검은 나나의 제8요일자 일기

1

손톱 모양의 칼날이 달려 있는 신비의 마늘 까는 반지를 열 개나 샀다. 반지를 끼자마자 열 손가락의 관절 마디마디가 은색 루프 안에 물려 빼도 박도 못하게 물려버린 성기처럼 줄줄이 허물어지고 있었다. 엄지손가락에 반지 한 개를 끼고 있던 주인 할머니가 내게 잠깐 시범을 보이겠다며 지나가던 똥개 한 마리의 목덜미를 덥석 잡아 꺾었다. 그러고는 신비의 마늘 까는 반지를 술술 굴려가며 사과껍질 벗기듯 구불구불한 일자로 똥개의 털가죽을 벗겨냈다. 옳다구나, 나는 물이 펄펄 끓고 있는 욕조 속에 전신거울을 세워놓고 칼날 달린 손가락 빗으로 머리통을 긁어내리기 시작했다. 머리가죽이 머리뼈가 차례차례 갈퀴 무늬로 갈라지더니 퍽 하고 수박 깨지는 소리와 동시에 도토리 같은 알맹이들이 우당탕 쏟아져나왔다. 그 한 알을 집어 나는 어금니가 바삭바삭하게 깨부숴질 때까지 깨물어보았다. 혀끝에서 뱅뱅 도는 눈알들 속에서 글쎄 이름 모를 나들이 으쌰으쌰 숨가쁘게 내 속눈썹을 한 가닥 한 가닥씩 들어올리고 있었다. 얘들아 이것 좀 봐, 여태껏 너희들의 아가미가 이렇게 꼴딱꼴딱 숨쉬고 있었나봐.

2

죄 없었던걸요.

졸음이 와서 살짝 벽에 머리를 대고 있었던 것뿐인걸요.

근데 눈을 떠보니 한 아저씨가
치켜뜬 부메랑 같은 눈으로 날 내리찍고 있었어요.
도망이라니요.
덩어리도 없이 몸 전체가 벽이던걸요.
캥 캥 몇 번이고 부딪치다 주저앉았더니
벽 잡고 있던 아저씨가 내 얼굴에 대고
드르륵 바지 지퍼를 내렸던걸요.
그랬더니 그 속에서 깡충깡충 흰토끼들이
스프링처럼 튀어나오는 게 아니겠어요?
나는 내 소꿉동무인
영선이네 흰토끼들이 떼 지어 놀러온 줄 알고
화들짝 고것들을 가슴속 깊이 안았어요.
순간 흰토끼 한 마리가 내 목을 물어뜯었어요.
흰토끼의 주둥이는 거대한 손톱깎이로 이를 해 넣었는지
씹을 때마다 찔끔찔끔 소리가 났어요.
밟아 죽일 수 없었어요.
흰토끼는 한 마리가 아니었던걸요.
흰토끼는 두 마리도 아니었던걸요.
흰토끼가 똥 싸놓은 자리마다
새끼 흰토끼들이 자꾸자꾸 태어나
이 가는 법을 배워갔던걸요.
나는 죽어 제 친구들의 밑반찬이 되는
어항 속 금붕어처럼 야금야금 파먹혀
눈알 두 개로만 남게 되었어요.

새끼 흰토끼들은 배가 불렀는지
내 눈알을 테니스공처럼 팡팡 쳐댔어요.
나는 내게서 멀리 아주 머얼리 날아갔어요.
멀리 날아가,

3

찰싹 하고 벽에 들러붙었다. 눈알과 눈알을 맞댄 뒤 나는 온 힘을 다해 경계를 허물고 8자로 된 검은 눈물의 강에 튼살 없는 그물을 드리웠다. 잠결에 날아든 그림자들이 때때로 내가 쳐놓은 덫인 줄 모르고 하품하던 채로 박제되었다. 그러다 아저씨가 눈을 떴다. 아저씨는 혀를 쩝쩝거리더니 내 그물 속으로 손을 들이밀었다. 나는 파리지옥처럼 아저씨의 손을 닫아버렸다. 벽이 점점 오그라들면서 썩은 나무껍질처럼 바스러지고 있었다. 거봐요 아저씨, 나 죄 없다고 했잖아요. 다시 눈을 떴을 때 내 혓바닥 위에는 시뻘건 선지로 양념 범벅된 토끼의 뒷다리가 놓여 있었다. 아귀아귀 나는 웃으며 토끼의 뒷다리를 씹어나갔다. 아 귀 아 귀 웃으며 나는 토끼의 뒷다리를

^ ^

잠들어 거울 속에서 눈뜬 검은 나나

1

월경 직전의 유방통처럼 피와 나만이 알아채는 떨림으로 밤이 몸을 뒤튼다 깨진 틈새로 단백질 찌꺼기 낀 충치와 잇몸을 얼리는 냉동고의 호흡 때론 담요처럼 폭신폭신한 혀가 대기 속에서 오래 머문다 까끌까끌한 윤곽의 엉클어진 실선들 제 구두점을 다 갉아먹고는 꼬리와 꼬리끼리 접붙이기 시작하고 말라비틀어진 창자 속에 펌프질하는 입김으로 팽글팽글 팽그르르 회전의자처럼 산란 중인 꽃병은 터질 듯 한껏 팽창한 곡선을 부풀린다 그 검은 간장독 속을 나는 젓가락으로 푹푹 찔러본다 찐득찐득한 타르가 흘러 내 머리카락에 눌어붙는다 녹아 고무 타는 냄새……의 사닥다리를 타고 긁어도 파지지 않는 그림자들 파근파근한 나의 거푸집으로 건너온다

2

한 아이가 울고 있었다

아가 너 왜 우니?

뼈가 막 아프대요

뼈가?

네, 뼈가요 뼈는 눈물이 없잖아요 그래서 뼈가 나한테 언니가 대신 눈물 좀 흘려줘 그랬어요

글쎄, 뼈는 왜 아프다는 걸까?

입고 있는 옷이 그렇게 까끌까끌할 수가 없대요

까끌까끌, 옷이?

왜 새까맣게 태운 밥솥 씻을 때 쓰는 은회색 철 수세미 있잖아요 마치 그걸로 결 찬 슬립을 입고 뒹군 것처럼 젖꼭지가 다 까져서 무지 쓰라리대요 촘촘히 압정을 박아 두어도 옷은 몸 푸는 데 귀신이고 흘러내린 옷을 추켜올릴 때마다 입 찢어 벌린 톱니바퀴가 어찌나 간 이에 힘을 주는지 꼭 날 선 포크로 온몸을 쫙쫙 긁어대는 것 같다나요 게다가……

게다가?

팬티 안에 꼬집는 손이 한 수백 수천은 숨어서 밤이면 잠지를 쥐어짜 잠 못 자게 한대요 석류 씨 같은 진분홍 알갱이들이 톡톡톡 얼굴을 깨고 나와 밥 달라고 물고 뜯고 빨고 지랄해대는 통에 헐거워서 발뒤꿈치가 다 까졌다고 안 살아 못 살아 핏방울들마저 피식피식 날숨 꼬리를 손에 쥐고 내장근 밖을 타넘기 시작했다는데 그러든 저러든 나도 이제 더이상은 못 울어줘요 이러다 우려낼 뼛골 다 쫄아붙으면 배고파서 나 어떻게 살아요? 뼈에게 새 옷을 지어 입히든지 아니면 홀딱 살 다 발라 내쫓든지 아무래도 번지수가 여기 내 속은 아닌가봐요

3

엄마 엄마 풍선 하나가 스카이 콩콩을 타고서 내게 놀러왔어 이만큼 이따만큼 아주 커다란 풍선인데 콩콩거릴 때마다 엉덩이에 붙은 눈 두 개가 딸랑딸랑 딸랑이 소리를 냈어 그 소리가 너무 귀여워서 내가 막 따라갔어 오

리 머리가 달린 튜브를 허리에 감고 맨땅 위를 푸 하 푸하 헤엄쳐서 바로 눈앞이라 쭉 뻗으면 내 손이 더 길 것만 같았는데 딸랑이는 안 잡히고 딸랑딸랑 자꾸만 계단을 올라갔어 발이 쓰려 보니 계단 모서리마다 식칼이 발라져 있었어 딸랑이 나 주세요 그럼 너 나 따라갈래? 안돼요 내일은 내 입학식이 있단 말예요 딸랑이가 치마를 들춰 내 책가방을 끄집어냈어 안 돼 아직 한 번도 매보지 못했단 말야 가방을 빼앗아 난 뒤로 막 달아났어 칼 발린 계단 아래로 굴러 굴러 내려가는데 스윽스윽 칼날이 발바닥을 뚫고 무릎뼈를 뚫고 골반을 뚫고 두개골을 뚫고 나와 내게 헬로 하고 인사했어 나도 따라 헬로 하고 인사해줬어 정말로 나 하나도 안 아팠어 엄마 엄마가 날 데리러 올 거니까 와서 날 업고 자장가를 불러줄 테니까 엄마가 나 없어져도 엄만 자꾸자꾸 나만 낳을 거니까 엄만 내 얼굴밖에 기억 못하니까

4

마주보는 밥상 위에 놓은 미역국 사발을 보자마자 나는 또 토한다 생일 밤 자정 내가 쓰러지면 받치고 또 쓰러지면 또 떠받치는 단단한 어깨가 무정형의 바지랑대로 타닥타닥 내 등짝을 두들기고 있었다 셀로판지같이 얇은 스킨으로 몸을 도배한 공 하나가 공 두 개가 나를 닮은 제각각의 공 하나하나들이 우당탕 입 밖으로 굴러나왔다 너 여기 있었구나 나도 여기 있었는데…… 그럼 쟤는 그

럼 그 옆에 재는 그럼 그 옆에 옆에 재는 그럼 옆에 옆에 옆에 재들은 다…… 누구세요?

5

밤마다 대문을 두드리는 언니들이
나가 나가 어서 우리집에서 나가
밤마다 손가락으로 배꼽을 후벼파는 언니들이
나가 나가 당장 우리들 콧구멍에서 짐 빼
그랬지만 언니들
내 머리맡에 와 앓는 소리를 내요
배고파 배고파서 왔어
끄뭇끄뭇한 소음순을 탄소 가스로 부풀려놓은 듯한 축축한 입으로
밤마다 언니들
내게 밤꿀처럼 엉겨와요

6

한 발에는 침실용 슬리퍼
한 발에는 은비늘색 하이힐을 신고서 여태 나는
도망치고 있어요
새끼발가락에 박힌 티눈 하나가 줄곧
내 뿌리를 노리고 있었거든요 그래도 나는
넘어지지 않아요 아직 내 사타구니에 머리 박은
옷솔 같은 털들이 쑥쑥 자라

날 숨겨주고 있거든요
아직까지는……

따뜻한 날 젤로 차가운 나의 체온

1
오늘은 어디부터 얘기할까

(그는 느린 하품을 하듯 그림 카드를 펼친다. 진작부터 그의 시선은 엄마가 두고 나간 피에르가르뎅 양산 그 머리에 박힌 금색 꼭지에 놓여 있다. 에베레스트 정상에 기를 꽂고 환호하는 클라이머처럼 반드시 내 배꼽에 양산 꼭지를 쑤셔박겠다고 자근자근 속삭이는 듯한 바람을 타고 바람 소리를 타고…… 알아? 내 바람은 당신 구레나룻부터 불 지르는 거라구!)

이게 뭐로 보이니?

(개줄, 치렁치렁 소리가 나는 개줄 같아요, 잠깐, 잠깐만요, 누가 셔터 문을 막 두들겨요, 귀가 찢어질 것만 같아요, 고막에서, 고막에서 냄새가 나요, 어디서 타이어가 타고 있나봐요, 이 매운내, 이 찌렁내, 빨리 도망가야겠어요, 안 그러면 숯처럼 까맣게 타 죽을 거예요, 바삭하게 튀겨질 거라구요, 타닥타닥 검은 콩알들이 튀겨대는 저 검은 불꽃들 좀 봐요, 뾰족구두를 닮은 저 새까만 총알들, 가미카제처럼 쏟아지고 있잖아요, 달아나게 해줘요, 그러지 말고 제발 문 좀 열어줘요, 나 좀 내보내달란 말예요, 당장 문 열어요, 문 열어, 문 열란 말야!)

2
털 죄다 뽑혀나간 닭의 맨살처럼 우툴두툴할 뿐

살집 두툼한 씨방은 한 오라기의 음모도 피우지 못해요 이제
멋스러운 글귀에 밑줄을 그어대며 환호하던 시절은 다
끝, 났, 어, 요

하지만 나 다 알아요
아파도 입 벌리면 안 된다는 걸
한번 벌어진 밤송이들은
처음으로 입 오므릴 수 없으니까 멀리
깨진 종이 지가 깨진 줄도 모르고
밑 빠지게 대가리를 쳐대도 놀라면 안 된다는 걸
그건 댕강, 댕강거리는 영혼들이 외로워, 외로워서
제 영혼을 심문하는 요령 소리니까

그럼 아마빌레 아마빌레* 속삭이는 가여운 음성들
갈가리 살집이 찢겨나간 실핏줄 타래들
대체 어떻게 꿰매야 하죠?

3
엄마의 그림자가 한 달 치 약봉지에 엉겼다
발밑에서 으깨어지는 캡슐들 가루 되는 알약들
핥고 순결한 개는 늘 나 대신 잠잔다
나는 졸리면서도 눈감지 못한다 온몸이
근질근질거려 절지동물이라면 참

좋겠어 가루비누 풀린 뜨거운 물이라면 참
좋겠어 아무래도 몸속에 구더기가 있나봐요
구더기를 파먹는 송장벌레가 자라나봐요

닥터 리 아저씨,
마취가 풀리기 전에 메스를 가져다줘요
라이터로 살짝, 내 허벅살을 지져도 좋아요
벌레들이 기어나오고 있어요 어쩜
날개를 가졌는지도 몰라요
내 살점을 물고 달아나려 할 테니
하루속히 씹어버릴 테예요
형대에 묶인 마녀처럼 나
화형당하긴 싫어요 나는 살아남은
죄밖에는
가진 게 없어요

4
이걸로 뭘 하고 싶니?

(내 몸 칭얼칭얼 묶어주는 사람 있으면
살갗이 피가 되도록 질질 끌려갈래.)

5
피가 차가워지고 있어요

나의 아름다운 가상
피에타여!

* 아마빌레: 아름답게, 부드럽게.

가위눌리다 도망 나온 새벽

나를 잠재우는 낯익은 약병들, 태양약국 약봉지들
선반 위에 그대로 멈춰 있네
물컹물컹 녹아내리는 나른한 시간
괘종시계의 굉음은 꼭 한 박자씩 더디 울리지
그래도 걱정 없네 나 이제 영원히
추수 때의 들판처럼 황금색의 잠을 잘 터이니
계산된 알람일랑 끄거나 내던져도 좋아

손톱이 없는 손가락 손가락이 없는 손
손이 없는 팔목을 휘두르며 시방
보이지 않는 잉크가 편지를 쓰고 있을 거야
언젠가 내가 부탁했던 일이지
내 꿈은 지상 모든 꽃모종에 껌을 씹어 붙이는 일
내 꿈은 세상 모든 인큐베이터에 사제 폭탄을 장착하는 일
설사 내 자궁에서 근종 덩어리 하나 자라고 있다
한들,

밤새 쓰레기통을 뒤지던 쥐들과 그
뒤를 쫓던 고양이들 죽어 나자빠져 있네
쥐약을 놓다 때론 그 약을 먹고
거품을 문 사람도 있어
핑계 없이도 사방 천지 무덤들은 늘어가고

저벅저벅 나는

저들끼리 참 사이 좋은 무덤
무덤들 사이를 걸어보네
형체 없는 꽃향기에 취해 드라이플라워
드라이플라워처럼 말라가는 육신과…… 오오
욕정처럼 끝끝내 말라붙지 못하는 머리카락
내 몸을 담요처럼 둘둘 말아주네
칼집에 들어가는 칼처럼 꼭꼭 껴안아주지

나 여기서 살면 안 돼요?

변명 그다음에 오는 메아리

1

수천만 개의 타이어를 굴리며 달려나오는 저
어둠을 뒤로
빨간 가발을 뒤집어쓴 영양란 같은 달과
내가 함께 도망치기 시작한다

같이 가, 보도블록 틈새에 구두굽이 끼었단 말이야
고꾸라진 달이 붉은 위액을 쏟아낸다
당집에 걸린 빨간 천 같은 눈으로 울고 우는
달의 등뼈가
오래 곪은 바나나처럼 꼬부라든다
그래도 나는 홀로
달린다 경보선수의 돋음 발처럼 어쩌다 한 번
엉키지도 말고,
시침과 분침이 입맞추는 정오
그 한순간을 꽉 부여잡고 싶을 때까지
달려야 했다

2

먼지 위로 피딱지 내려앉는 소리를
바람이 나불거려주었다
이제 나는 풍경이 말 걸어와도
뒤돌아볼 수 있다

내 그림자를 보고 발작을 일으킨 날도 있었다
사악사악 도끼날이나 칼날 가는 소리에 홀려
속옷인 채 도로 위로 뛰어들었던 날
배 터져 죽은 고양이, 그걸 헤집다가
바비 인형의 머리통보다도 작은
태중의 고양이 대가리를
다섯까지 세어보기도 했다

3

길을 잃을 때마다 발이 푹푹 빠지던 갯벌에서
음부가 가려울 적마다 뱉어버린
달이 있었다
이름 부르지 않아도 밤마다 달은
눈앞에 떠올랐다

스테인리스 젓가락으로 나,
두 눈알을 찌른다
인두처럼 지져진 피 묻은 십자가가
등뼈를 뚫고 불꽃으로 지지직
지지직 내 심장에 내리 꽂힌다

비유할 수밖에 없어

1

변폐증 걸린 나
발가벗은 마늘처럼
절구확 속에 웅크려 있네
방앗공이씨 어디 있는 거예요
어서 와서 그 억세고 단단한 살결로
내 항문 속을 파내주세요 그러고
아까징끼 아까징끼
말 속에 피가 흐르는 아까징끼를 발라주세요

목을 조르지는 마세요
저 달이 조각난 어금니처럼 보여요
달을 따러 달을 따라가자고 했잖어요
내 세발자전거 때리지 마세요 제발
쯔르르 쯔르르 뒤집어져 울잖어요
나는 약 잘 먹는 착한 분무기
목 쉰 창백한 소리를 뿜을 줄 알어요
노래 노래를 불러줄게요

2

엄마,
멍든 사과 좀 그만 오벼
안 그래도 아프다잖어

엄마, 엄마,
피 묻은 속옷은 개나 줘버려 그리고
기도하지 마
수호천사 가브리엘은 이미 날 버렸다잖어

엄마, 엄마, 엄마,
부서진 세발자전거는
내가 고칠게 아무렇지도 않게
내가 다시 타고 다닐게 그러니
죽는다고 하지 마, 나 다신
안 죽을게

어떤 불화

유독 정사를 꾸미고 싶은 날이면
소량의 바르비탈*을 먹고 꿈을 꾼다
양수와 피로 잘 버무려진 청바지를 찢고
머리칼을 풀어헤친 아이가
내 가랑이 사이에 열쇠를 꽂는 꿈

지금은 안 돼
이런 제기랄, 안 돼, 안 된다니까
터져나온 배를 짓누르며
하루에도 열두 번씩 나,
간음에 놀아났다구

부들부들 튕겨나온 아이 스스로
젖을 짜 먹는다
보유스름한 젖이 아이의 입안을 넘쳐흐르다,
잘끈 깨물린 젖꼭지의 핏물과 섞여
아, 선한, 선분홍빛……
이가 없는 네 잇몸은 아무런 잘못이 없어
울지 마라, 아가야
울지 말라니까
안 그치면 목을 꺾을 거야, 꺾어버릴 거야

분수처럼 아이의 눈에서 피가 솟는다

맹인처럼 아이의 손은 막대기를 짚는다
어디 가니 어디로 가는 거라니
당신 죽이러 가요, 당신 때려 죽이러요

싹둑싹둑 제 그림자를 잘라 먹으며
부서진 동굴 속으로 기어드는 아이
가까워질수록 어두워지는 문 앞에서
주문을 외기 시작한다
뭐라는 건지 말해줄 수 있겠니
날더러 열쇠 없는 주인이 되란 말이니

아이는 내 가랑이 사이에 커다란 자물쇠 하나 단단히 채운다

* 수면제로 쓰이는 무색 결정의 분말. 불면증, 오심, 신경쇠약에 쓰이며 다량 섭취할 경우 사망함.

앨범, 환상이라고 하기엔 증거 충분한

1

철길을 따라가다 기차를 만났다. 기차는 아무 일도 없다는 듯 나를 지나쳤다. 나는 수십만 개의 세포로 분열되어 구름을 따라갔다. 구름에 실려갔다. 살려주세요. 첫번째 전신주가 대바늘이 되어 나를 듬성듬성 꿰맸다. 죽여주세요. 두번째 세번째 전신주가 차례차례 내 위로 쓰러지며 전화선을 끊었다. 여보세요. (떨꺽떨꺽) 제발 양수기 한 대만 갖다주세요. 내 나팔관은 짧아서 이 핏물을 다 퍼낼 수 없어요. 철길 가던 개가 시뻘건 나를 구경한다. 목을 축이기 시작한다. 빨대가 붉어진다. 그래 내 젖꼭지를 씹어먹어. 내 눈알을 파먹어. 내 볼기를 뜯어먹어. 옳지 그래 나는 나를 사랑한 너만을 사랑할래.

2*

다락이 싫어, 다락이 싫어, 썩은 나무 침대에 대못 박는 망치 같은 다락이 싫어, 오공본드 줄줄 흘러내리는 뜨거운 혓바닥에 다락이 나는 싫어,

세발자전거를 따라, 세발자전거를 따라, 음지로 음지로, 세발자전거를 따라, 세발자전거를 만나면 세발자전거에 올라타고,

곤봉에 홀려, 곤봉에 홀려, 곤봉에 홀리다가 곤봉에 휘둘리고,

도끼야, 눈이 퍼런 도끼야, 네가 오면 네가사 오면 나는 나는 모난 돌이 좋아라 철철 피고름 흘려도 나는 나는 모난 돌이 좋아라 모난 돌 있으면 홀로 목매달아도 좋아라.

곤봉을 깨부수고, 곤봉을 박살내어, 곤봉을 저며내는,

도끼야, 눈이 퍼런 도끼야, 도끼야 솟아라 꿈이 아니라도 너를 만나면, 꿈에라도 너를 만나면, 꽃도 새도 짐승도 한자리에 끌고 와 목을 쳐내리라 워어이 워어이 모두 불러 한자리에 앉아 목이 달아나버린 몸뚱이로 애띠고 고운 날을 누려보리라.

3

두 다리를 혁대로 졸라매고서야 잠이 든다.

일찍이 누군가 그 혁대를 풀어 내 등짝을 후려쳤더라면.

* 박두진 「해」 풍으로.

다시 무정란 속으로

1

그날 밤 다락방을 물들인 푸른 멍은 아무도 모르게 아침이면 또 지고 못박힌 자리마다 자두술처럼 살 속 깊이 익어가는 적포도주는 황산으로 용해되어 잠들 무렵의 내 얼굴에 확 끼얹어진다 점점 졸아붙는 살색 거즈 속으로 부르기도 전에 달려와 숨는 점이 빨간 달마시안들…… 보며 매애애 매애애 살찐 고드름을 쥔 매미가 운다 부풀부풀한 면도 거품으로 가글해대는 팅팅하게 불은 이 고드름 누가 당장 토막 좀 안 내줄까

욕창으로 썩어가는 눈알은 그러나 이미
멈춘 시곗바늘의 끝을 주시하고 있었다 그리고 이미
탕! 탕! 탕! 허락된 문고리에 중심을 건 컴퍼스는
한 다리를 벌려 나를 넘어뜨릴 줄 알았다

2

나는 누워 일어선다 세상은 도그르르 도그르르 굴러다니는 은반지들로 그득하고 기막힌 내 맥박의 고리들은 합체하여 거대한 원반들을 비눗방울처럼 불어 날린다 뱅글뱅글 돌아가는 원반 속에서 나는 보았다 부둥켜안은 곡선을 따라 흘러내리는 검은 젖물 쭉쭉 빨아가며 내 혈관 속에서 배영하는 너를 나는 보았다 지나온 자리마다 구겨지고 굴곡진 호흡 달여가며 둥글게 둥글게 몸 말아가는 너를 나는 보았다 지하수처럼 샘솟는 샛노란 너의

피를 나는 드디어 맛보고야 말았다

밤마다 물먹은 고무장갑처럼 퉁퉁 불은 내
심장을 갉아대던 이빨 갈림은 꿈이 아닌 내 안에 너의
존재 방식 살 다 발라먹고 난 닭 뼈처럼 나 말라갈 때
그 많은 비곗덩어리 오려 몸치장하던 것도 내 안에 너의
존재 방식 먹물 들인 옥수수수염처럼 무성한 내
음모를 잡아 뽑을 때 머리끈이 툭 터지면서 일순
숱이 불어나던 네 머리카락도 꿈이 아닌
그래 그래 내 안에 너의 존재 방식

이제 내가 불신하는 건 나의 지문 나의 배내똥
이제 내가 머리 두는 땅은 피 끓는 너의 단속곳
다시 무정란 속으로 역류하여 들어차는

이 달짝지근한 액취……

오오 버려짐의 축복이여!

그러나 죽음은 정시가 되어야 문을 연다

1

아버지는 오늘도 쥐약 먹은 개처럼 날뛰었다 재떨이를 박살 낸 엄마의 이마에서 끈적끈적한 혓바닥이 널름거렸다 엄마는 재빨리 방문을 걸어 잠그고 우리를 가두었다 제발 숨죽이고 가만히들 있어…… 어둠 속에서 우리는 약속이나 한 듯 무릎을 꿇고 싹싹 빌었어요 미끄러져라 미끄러져라 우리는 아침저녁으로 왁스를 발라 마루를 닦았어요 아버지의 양말 바닥에도 구두굽에도 호호 불어 왁스를 칠해놨어요 우리는 모두 조심조심 걷기로 약속했어요 아버지는 몰라요 아버지는 참말 몰랐으면 좋겠어요

기어이 아버지는 다락에서 도끼를 꺼내왔다 도끼로 잠긴 방문 위를 두 손으로 내리찍었다 죄다 나와 이 빌어먹을 딸년들아! 우리들은 촛농처럼 울었다 이 썅 울지 말라니까 사방으로 떨어져 굳은 촛농을 하나하나 긁어대며 언니가 피자둣빛 눈을 부라렸다 언니의 머리 위로 쪼개진 방문 틈새를 따라온 한줄기 빛이 올라타 있었다 어디서 불이 났나봐 언니 코가 막 찡해……

아빠하고 나하고 만든 꽃밭에 우리는 꽃삽으로 구덩이를 파놓았어요 밥만 먹고 우리는 열심히 땅을 팠어요 파놓은 구덩이 속에는 장독대를 묻어두었어요 장독대 안에 아버지의 베개도 옮겨다 놓았어요 아버지는 몰라요 아버지는 참말 몰랐으면 좋겠어요

2

아버지의 건강 진단서는 쓰레기통에 처박힌 그제 일자
신문처럼 안 읽고도 따분해요

뭐 좀 신나는 일 없을까요

살수제비 끓이는 아이

오븐을 닦다가 오븐 속으로 빨려들어간다 순식간에 뾰족뾰족한 혀들이 달려들어 빨간 침을 꽂아댄다 오븐이 돌아간다 둥글게 둥글게 센 불에서 오븐이 돌아간다 맛소금 뿌려 갓 구워낸 돌김처럼 간 밴 살 지지는 냄새가 검은 식탁보를 그려 칠한다 그 끝을 한 자락씩 거머쥔 엄마아빠가 마주앉아 있다 서로의 턱받이에 휭휭 코를 풀고 에취에취 재채기를 해대고 있다 엄마의 누런 코를 삶은 조갯살이라며 아빠가 날름 핥아먹으며 웃는다 아빠의 계란 흰자 같은 가래로 엄마가 미끈미끈 얼굴 마사지하며 웃는다 오븐이 돌아간다 둥글게 둥글게 중불에서 오븐이 돌아간다 시꺼멓게 살이 타고 빠삭빠삭 뼈가 익는다 불 더 줄여줘 엄마 엄마가 빨간 다라이에 딸기 향 고무 반죽을 담아 발로 반죽한다 간간이 아빠가 오줌을 누어 고무 반죽을 찰지게 한다 질겅질겅 쟁여 밟는 엄마의 발가락 사이사이로 고무 송이가 열린다 아빠가 송이 하나를 떼어 껌처럼 씹더니 풍선을 분다 부풀부풀 풍선 속에서 세발자전거에 탄 아이들이 페달을 감아가며 신나게 달려나온다 꼴락지로 세발자전거에 오른 내가 부풀부풀 풍선이 부풀기를 기다린다 풍선은 불다 찌그러지고 불다 쪼그라든다 엄마는 고무 반죽을 다라이째 내버리고 아빠는 공깃돌로 오줌 구멍을 틀어막는다 오븐이 돌아간다 둥글게 둥글게 약불에서 오븐이 돌아간다 뼈가 참숯처럼 타다 부스러지고 있어 불 좀 꺼줘 엄마 오븐이 돌다 천천히 멈춘다 오븐 속에서 이미 죽은 내가 걸어나온다 나는

이미 죽은 나를 한 뼘 앞에다 두고 서붓서붓한 발소리로 쫓아다니기 시작한다

이미죽은내가 잠든 엄마아빠의 이부자리 속을 파고든다 이미죽은내가 엄마아빠를 국자로 떠와 차례차례 변기에 담근다 이미죽은내가 엄마아빠의 잠옷을 벗기고 속옷을 벗기고 바리캉으로 몸에 난 모든 털을 깎는다 이미죽은내가 엄마아빠를 깨끗이 물에 헹구고 탈수기에 넣어 탈탈 말린다 이미죽은내가 쇠도끼로 엄마아빠의 머리뼈와 종지뼈를 쳐내 그걸 고아 프림색 국물을 우려낸다 이미죽은내가 엄마아빠의 살을 조근조근 손톱깎이로 뜯어 홈을 판다 이미죽은내가 엄마아빠의 뜯긴 살집에 손을 넣어 큼직큼직하게 살점을 떼어낸다 이미죽은내가 떼어낸 살점을 조물조물 납작납작 주물러서 국솥에 떨어뜨린다 이미죽은내가 엄마아빠의 깎아놓은 털에 말간 뇌수액을 붓고 끈적끈적한 혈장을 버무려 양념장을 만든다 이미죽은내가 엄마아빠의 발라놓은 뼈에 비계칠을 하고 불을 붙여 국솥의 아궁지를 달군다 이미죽은내가 링거 바늘로 뽑아둔 엄마아빠의 피로 국물 간을 맞춘다 이미죽은내가 엄마아빠의 살수제비가 팔팔 끓고 있는 국솥 앞에서 감사의 기도를 올린다 이미죽은내가 엄마아빠의 살수제비를 후후 불어 떠먹기 시작한다 이미죽은내가 엄마아빠의 쫀득쫀득한 살수제비를 양념장에 찍어 이 삭도록 씹어댄다 이미죽은내가 엄마아빠의 살수제비 국물을 후루룩후루룩

솥째 마셔버린다 이미죽은내가 솥을 내던지고 부른 배를 땅땅 두드리며 이를 쑤신다 이미죽은내가 부른 배를 안고 엄마아빠의 이부자리 속에 드러눕는다 이미죽은내가 엄마아빠의 이부자리 속에서 잠들어 꿈을 꾼다 이미죽은내가 꿈속에서 입에 뿔피리를 쑤셔넣고는 우웩우웩 토하고 있다 이미죽은나의 입속에서 도로 뱉혀나온 살수제비들이 여기저기 깨진 조약돌처럼 뒹굴고 있다 이미죽은내가 휘리릭 휘파람을 불어 엄마아빠의 스무 손가락 스무 발가락을 불러모은다 이미죽은나는 엄마아빠의 손가락 발가락들이 각각 제 살점들을 모아 너덕너덕 이어나가는 걸 울면서 울면서 바라본다 이미죽은나는 엄마아빠의 되생겨나는 몸에서 얼기설기 솟아나는 털 한 올 한 올에 고무밴드를 묶어 이름을 붙여준다 이미죽은나는 삶은 무처럼 연하고 물렁물렁해진 엄마아빠를 세발자전거에 태우고 꿈 밖으로 페달을 밟아 나간다 이미죽은내가 기다리고 섰던 내 앞에 엄마아빠를 내려놓는다 이미죽은나는 홀로 세발자전거에 올라 내 눈 속으로 달려든다 이미죽은나를 눈알 속에 잠재우고 나는 잠든 엄마아빠를 등에 업은 채 다시 오븐 속으로 걸어들어간다

나의 '완전한' 나를 찾아서

1

태양은 어둡고 달빛은 홍어무침보다 빨개서
눈을 감아야만 보이는 곳이 있지
열린 동공으로는 감지할 수 없어 그 나라의
빛이란 내 이가 웃고 있을 때완 다르거든
치석이라면 또 모를까 게선 냄새가 나
머리칼과 머리칼 거웃과 거웃끼리
뒤엉켜 흘리는 우윳빛 밤꽃 냄새
……그게 그리워 일부러 눈 안 뜰 때가 있어

2

관자놀이 위로 들들들들 드릴 쏘는 소리 들리고
수소 분자를 닮은 구멍들 속으로 들락날락
흰 비곗덩어리가 녹아내리는 그런
밤이면 헹굼물에서 막 건져올린 원피스처럼
자꾸만 '수' 따라 물 빠지는 내 실루엣에
몸을 끼워넣는 너
들쭉날쭉한 밤과 낮의 교차로를 닮은 옷걸이인
네가 있어 나는 맛보고야 만다

네 가슴은 아직 덜 부풀었지만
시지 않다 네 침은 아직 싱겁지만
묘한 풀내음이 난다
나는 네 안에서 자라고 싶어진다 더 크게

더 탁하게, 둥둥둥두웅두웅두웅……
……나도 좀 데려가지 않을래?

나는 3일 전에 구운 바게트처럼
딱딱하고 거칠거칠한 내 양 팔다리를
우걱우걱 씹는다 주사위처럼 몸통만 남아
나는 다리 두 개 잘린 무당벌레처럼 기우뚱
기우뚱 네 등 위로 올라탄다
가자 가자 네가 사는 곳
13월 32일 8요일마다 축제가 열리는
그곳으로 어서 가자

3
나는 점점 네 속에서 불탄다
불똥이 튀고 불꽃이 잔기침을 솎아낼 때마다
노래기처럼 다리가 생겨난다 옆구리에도
목에도 발바닥에도 허벅지에도 혓바닥에도
다리들이 삐죽삐죽 자라난다

달리자 어서어서 달려
철커덩철커덩 채찍을 후려치며 나는
네 속으로 더 빨리 더 깊숙이 침투한다
뢴트겐의 사진 속 최초로 증명된 인광처럼
이제 나는 어둠 속에서도 완전한 너를 볼 수 있다

삼지창에 내 머리칼을 돌돌 말아 잡아당기는
　　완전한 너를 본다 선인장 잇몸처럼 뾰족뾰족해진 내
살점들이 앞다투어 네게 악수하려고 달려드는 걸
　　본다 화상 물집처럼 우둘두둘한 벽지처럼
찢어진 거울 위에 번져서는 너 자꾸만
　　속삭인다 몰랐니? 내가 '나'라니까 '나'

4
방 한가득 내 얼굴로 들어차
유리창은 볼록거울로 서 있다
바람 든 무처럼 시린 얼굴로
나는 너를 부른다 너!
무를 후벼파는 칼끝은 무딜수록 아프다더니
날 위해 송곳이라도 찾으러 간 거니

……네가 그리워 일부러 눈 찢어 벌릴 때가 있어

내가 날 잘라 굽고 있는 밤 풍경

1

자정이면 그대들 깨진 사기 접시에 발 찔린 울음을 내 귓속에 틀어놓는다 손가락보다 굵은 귀이개로 볼륨 버튼을 후벼보지만 확성기의 심장은 돌절구 찧는 소리를 낸다 굳은 밥알같이 몸 딱딱한 귀지가 바스러져 갈린다 갈려 폴폴 날리는 귀지를 물에 타 마시고 고막이 부푼다 퉁퉁 불어 짜기 직전인 젖소의 젖퉁이처럼 입 탱탱해진 고막을 뚫고 데시벨이 올라간다 빠르게 발빠르게 얼음송곳을 갈아 박은 하이힐이 울음을 좇아 아래로 땅 아래로 걸어내려가는 정글짐을 탄다 사다리꼴로 입 오므린 꼬투리 안에 깐 양파같이 배 볼록한 개구리가 뻗어 있다 할딱할딱 휘모리장단으로 딸꾹질하는 개구리들의 소리주머니 속에 그대들이 숨어 울고 있다 밟지 않으려고 나는 양초를 달궈 하이힐을 녹인다 녹아 흐르는 거품 거품을 레이스로 뜬 계란 흰자들이 부들부들한 캐시미어 모포처럼 프라이되어 개구리를 덮어나간다 들리지 않아 이제 들리지 않을 거야…… 그러나 맨발바닥을 간지럼 태우는 목젖의 자디잔 떨림, 졸아들 줄 모르는 그대들 울음소리…… 배고파 너무 배고파서 우는 거야

딸랑이를 흔들어주려 지퍼를 내리자 개구리의 배가 열십자 드라이버로 갈린다 온통 새까만 개흙으로 뒤덮인 내장 속으로 나는 삽질하는 밀랍 인형에 태엽을 감아 밀어넣는다 배 밖으로 흙을 퍼내는 태엽 감긴 밀랍 인형의

삽에 줄줄이 걸려든다 내가 뽑아 감춘 사랑니 내가 깎아 버린 손발톱 내가 긁어 떨군 살비듬 내가 밀어 말린 물때 내가 흘려보낸 피와 난자들……이

그대들의 윤곽을 챙겨 입히다 깜짝 놀라 일제히 달고 있던 내 이름표를 떨어뜨린다 이거 다 내 건데 나는 잃어버렸던 내 이름표를 모조리 주워 들고 몸 곳곳의 형 틀어진 틈에 도로 갖다 단다 거미줄에 걸린 수포처럼 뭉쳐지지 않는 그대들의 살이 탈탈 털려 흙에 비벼지기 시작한다 지문 입힌 새알초콜릿같이 몽친 똥이 사방에서 우르르 굴러떨어져 나뒹군다 꼬물꼬물 제 몸에서 기어나오는 송장벌레들이 그 똥을 하나하나씩 쥐고 오도독오도독 깨물어 먹는다 태엽 감긴 밀랍인형의 삽이 살 다 발린 윷가락 같은 뻐다귀들을 여기저기서 추려올린다 추려진 뼈다귀들이 잃어버린 제 치수를 돌려 달라며 뼈를 꽈 비틀어 사골국 같은 눈물을 짜낸다 그래…… 배고파서 너무 배고파서 우리가 훔쳤던 거야

2

소금을 듬뿍 두른 변기 솔로 내가 날 구석구석 닦는다 한입에 한 배꼽에 한 음핵에 두 눈에 두 귀에 두 콧구멍에 두 젖꼭지에 두 난소에 꽃삽을 쑤셔박아 내가 날 데코레이션한다 늑막이 터지도록 허리를 졸라매고 고기 걸이용 쇠걸이에 목을 찍어 내가 날 옷걸이에 건다 터진 수도

관에 입이 물린 고무장갑처럼 살이 불 때까지 내가 날 꼬집어 뜯는다 하키 스틱만한 낫을 갈아 뒤통수부터 엉덩이까지 내가 날 자로 댄 일자로 찍어내린다 폐 한가운데에 식칼을 대고 살 껍질을 홀러덩 뒤집어 내가 날 까버린다 서둘러 군불을 지피고 그 위에 석쇠를 달궈 내가 날 통째로 얹는다 지글지글 내가 날 굽는 냄새가 피어오르자 해골들과 부위 모를 뼈다귀들이 앞다투어 모여든다 석쇠 위에 고여 있던 핏물이 선지로 돌돌 말아 빚은 완자처럼 지져져 더욱 쫀쫀해진 내가 날 엿가위로 한 입 두 입 잘라 굽는다 따각따각 아귀 터지게 턱 벌리는 해골들에게 내가 날 잘라 구운 살점을 바싹 태워 먹여준다 오일바른 상아같이 매끈매끈한 뼈다귀들의 몸에 내가 날 잘라 구운 살점을 파스처럼 붙여준다 불가에 모여 앉은 해골들과 뼈다귀들이 내가 날 잘라 구운 살점을 먹고 입고 점점 나로 살쪄간다 일곱의 열넷의 스물의 스물일곱의 제각각의 내가 날 쳐다보며 나야 나야 손을 흔든다 내가 날 잘라 구운 살점들을 다 트림하고 나로 자란 그대들이 방방마다 걸린 액자 속으로 걸어들어가 찰칵찰칵 기념촬영을 한다 내가 날 잘라 구워먹고 난 달궈진 석쇠 위에는 열세 개의 꽃삽만이 꽃게처럼 익어가고 있다

마지막 설전

애야, 내 배에 복수가 꽉 들어찬 모양이다 발가락이 보이질 않는구나

바늘로 좀 찔러볼까요 아니면 모르핀을 한 대 놓을까요

아프지 않게 나 좀 살려다오 나는 아무런 죄 없다

해마처럼 새끼를 낳으면 살 수 있을지도 몰라요

사냥꾼도 아닌 내가 도끼를 넷씩이나 두었다니…… 애야, 내 불알은 두 쪽뿐이란다

씹던 껌같이 늘어진 엄마의 질 속에서도 지금껏 우리 오그려 살았어요

하루하루 나를 찍어댄 건 너희들이었지

크악크악 뱉어내던 가래침 속에 지금거리던 모래 알갱이들, 그게 바로 우리였어요

(텅, 텅, 텅)

애야, 누가 왔나보구나 이거 문 두드리는 소리 아니니

(텅, 텅, 텅)

못 때리는 소리잖아요 아버지 걱정 마세요 이 문은 결코, 다시는, 열리지 않아요

(텅, 텅, 텅)

얘야, 어서 문설주에 피를 발라보렴

(텅, 텅, 텅)

그럴 피가 없어요 아버지

(텅, 텅, 텅)

네 허벅살이라도 베어내야 하지 않겠니?

(텅, 텅, 텅)

소용없어요 어차피 흙이 핏물을 다 쓸어내릴 텐데요, 뭐

(텅, 텅, 텅)

이 고얀 년아, 육실헐 년아, 벼락 맞아 뒈질 년아, 이년

아, 네가 날 살려야지

(텅, 텅, 텅)

하관은 이제 끝났어요 아버지 그만 아가리 닥치고 잠이나 퍼 자요

매일매일 놀러오는 우리 죽은 아빠

화장대 앞에 앉은 엄마가 달군 다리미로 주름살을 펴고 있습니다 나는 ZIPPO 라이터로 어항 속에서 건져낸 금붕어들의 부레에 불을 붙이고 있습니다 이 썩을 년들아 나 왔는데 문 안 여냐? 현관 열쇠 구멍 속에 죽은 아빠의 핏발 선 눈알이 낄낄거리고 있습니다 여보 오늘은 5분 일찍 도착이네요 달군 다리미를 브래지어 속에 감춘 엄마가 현관문을 열고 있습니다 슬라이스 치즈처럼 네모나게 썰린 죽은 아빠의 몸이 조간신문에 찍혀 들어오고 있습니다 엄마가 홀짝홀짝 신문을 펼칠 때마다 헛둘헛둘 죽은 아빠가 일어나 기지개를 켜고 있습니다 이 썩을 년들아 나 봤는데 인사도 안 하냐? 죽은 아빠가 엄마의 볼따구니를 고기작거려 고김살을 늘리고 있습니다 여보 또 오셨군요 엄마가 몰래몰래 달군 다리미의 온도를 높이고 있습니다 죽은 아빠가 내 팬티 속에 손을 넣어 클랙슨을 눌러대고 있습니다 죽은 아빠 안녕? 내가 몰래몰래 ZIPPO 라이터에 오일을 들이붓고 있습니다 여보 진지 드시죠 엄마가 죽은 아빠의 놋요강에 밥을 퍼 담고 있습니다 죽은 아빠 물 말아 먹어 내가 밥이 담긴 놋요강에 오줌을 누고 있습니다 죽은 아빠가 아이 고소해 아이 고소해 후루룩 짭짭 밥을 떠먹고 있습니다 엄마와 나는 금붕어가 물어다 준 진자주색 꽃방석 위에 앉아 회칼을 갈고 있습니다 죽은 아빠가 후닥닥 밥숟가락을 집어던지며 화투를 치자고 조르고 있습니다 엄마와 내가 살래살래 고개를 내젓고 있습니다 죽은 아빠가 엄마의 입술과 내

잠지를 한번 더 꿰매버리겠다고 링거 바늘을 찾고 있습니다 엄마와 내가 갈던 회칼로 잇속을 쑤시고 있습니다 죽은 아빠가 삽날 같은 고드름 수염이 난 음경을 뚝 떼서 엄마와 내게 맡기고 있습니다 진자주색 꽃방석이 방실방실 돌아가고 있습니다 죽은 아빠와 엄마와 내가 송편 빚는 사람들처럼 등허리를 꼬부리고 앉아 있습니다 패를 돌리는 죽은 아빠가 히죽거리며 자꾸만 뒤 패를 뒤집어보고 있습니다 여보 그건 반칙이에요 엄마가 달군 다리미로 죽은 아빠의 손등에 홈 깊은 가위를 문신하고 있습니다 죽은 아빠가 스리 고에 피 바가지 쓰더니 화투가 널려 있는 진자주색 꽃방석을 뒤엎어버리고 있습니다 에이 씨발 내 끗발 다 물어내 나는 태우다 만 금붕어들을 죽은 아빠의 입속에 꾸역꾸역 쑤셔넣고 있습니다 죽은 아빠가 뒤집어진 물방개처럼 발발거리고 있습니다 엄마가 씩 웃으며 달군 다리미로 죽은 아빠의 몸을 주름 잡아 다리고 있습니다 나도 따라 씩 웃으며 ZIPPO 라이터로 죽은 아빠의 주름 잡힌 몸을 지글지글 지져대고 있습니다 죽은 아빠가 뻐끔뻐끔 금붕어 물 빠는 소리를 내고 있습니다 엄마와 내가 죽은 아빠를 번쩍 들어올려 어항 속에 처넣고 있습니다 죽은 금붕어들이 어항 속에 빠져 죽은 아빠를 뱅뱅 돌려가며 뜯적뜯적 뜯어먹고 있습니다 배 터져 죽은 금붕어들이 또 배 터져 죽어가고 있습니다 방실방실 돌아가는 진자주색 꽃방석 위로 화투패가 나눠지고 있습니다 엄마와 내가 고—고—고 금붕어 사내기 맞고

를 칠 때의 일입니다

2부

나는야 폴짝

나는야 폴짝

줄이 돌아간다 줄 돌리는 사람 없이 저 혼자 잘도 도는 줄이 허공을 휘가르며 양배추의 빽빽한 살결을 잘도 썰어댄다 나 혼자 **폴짝** 줄 넘고 있었는데 두 살 먹은 내가 개똥 주워 먹다 말고 **폴짝** 줄 넘고 있었는데 다섯 살 먹은 내가 아빠 밥그릇에다 보리차 같은 오줌 질질 싸다 말고 **폴짝** 줄 넘고 있었는데 아홉 살 먹은 내가 팬티 벗긴 손모가지 꽉 물어뜯다 말고 **폴짝** 줄 넘고 있었는데 열세 살 먹은 내가 빨아줘 빨아주라 제 자지를 꺼내 흔드는 복순이 할아버지한테 침 퉤 뱉다 말고 **폴짝** 줄 넘고 있었는데 열여섯 살 먹은 내가 본드 빨고 토악질해대는 친구의 뜨끈뜨끈한 녹색 위액 교복 치마로 닦다 말고 **폴짝** 줄 넘고 있었는데 열아홉 살 먹은 내가 국어 선생이 두 주먹에 날려버린 금 씌운 어금니 두 대 찾다 말고 **폴짝** 줄 넘고 있었는데 스물두 살 먹은 내가 두번째 애 떼러 간 동생 대신 산부인과에서 다리 벌리다 말고 **폴짝** 줄 넘고 있었는데 스물네 살 먹은 내가 나를 걷어찬 애인과 그 애인의 애인과 셋이서 나란히 엘리베이터 타 오르다 말고 **폴짝** 줄 넘고 있었는데 스물여덟 살 먹은 나 혼자 **폴짝** 줄 넘고 있었는데 줄 돌리는 사람 없이 저 혼자 잘도 도는 줄이 돌고 돌수록 썰면 썰수록 풍성해지는 양배추처럼 도마 위로 넘쳐나는 쭈글쭈글한 내 그림자들이 겹겹이 엉킨 발로 **폴 짝 폴 짝** 줄 넘어가며 입속의 혀 쭉쭉 뽑아 길고 더 길게 줄을 잇대나간다

포도 씨앗 속에 엄마 찾기

아이가 포도를 먹고 있어 껍질 안 벗긴 포도를 단번에 꿀꺽 눈 딱 감은 채 삼키고 있어 포도 알맹이는 코딱지 박힌 콧물 덩어리 같아 포도 알맹이는 황소개구리 알처럼 미끌미끌 미끄덩하단 말야 근데 넌 왜 포도를 먹니? 쉬잇! 이건 비밀인데 엄마, 포도 알맹이 안에 엄마들이 살고 있어 엄마들이? 응, 내가 잠들면 나는 한 그루의 포도나무로 팔 벌리고 섰는데 내 몸에 주렁주렁 매달린 포도송이마다 포도 껍질을 찢고 엄마들이 뛰어내려 그래, 뭘 하며 노는데? 그냥 연습, 이렇게 엄지손가락을 물고 빨면서 데굴데굴 알이 되는 연습, 그러면서 엄마, 엄마, 불러보는 연습 엄마, 엄마, 엄마라…… 나도 따라 나직이 읊조려보는데 아이가 드러누운 걸리버처럼 끝 간 데 없이 커져버린 몸으로 출렁출렁 떠밀려오고 있어 올려다볼 수도 내려다볼 수도 없이 작아진 나는 아이의 위아랫입술 새에 삽괭이를 끼워 벌리고는 나선형으로 뱅뱅 휘감겨 있는 미끄럼을 타고 안으로 쭉쭉 미끄러져갔어 가슴을 턱하니 가로막는 보라색 애드벌룬은 부풀 대로 부풀어 그 큰 눈을 끔벅이며 내게 암호를 대라 하는데 나는 언제나 도망 다니는 난자, 엄마 나를 꼭 껴안아주세요 엎지른 우유의 말라가는 흔적처럼 투명한 막을 뚫고 어떤 손 하나가 내게 악수를 청하는데 나는 손이 뭉텅 잘려나간 빈 장갑의 난자, 엄마 나 좀 놓치지 말라니까 뺏속 깊이 살균시킨 혀로 몸을 감싼 붕대의 터닝은 점점 빨라지는데 나는 믹서에 갈린 양파처럼 흐물흐물 즙이 된 풀통 속의 난자, 이런 씨발 엄마, 엄마, 엄마라매…… 내가 하이힐 벗어 죽어라 망치질을 해대자 너덜너덜 짓이겨진 보라색 콘택트렌즈가 검푸른 눈물로 끓어오르더니 내 살 위로 뜨겁게 끼얹어졌어 청동반점을 덧입고 푸르뎅뎅하게 살쪄가는데 이미 나는 죽어버린 난자, 끊어진 실핏줄을 심지 삼아 불 켠 나는 거기 뼈만 남은 엄마와 가시만 남은 엄마가 공기놀이하는 걸 보았어 포도송이만한 공기알 속에는 엄마의 엄마들이 산달의 아기처럼 숨차 하며 엄마들의 빈주먹 안에 감겼다 풀리길 반복하고 있었어 기다리렴 죽은 네 엄마가 반드시 죽은 널 찾아올 테니 엄마들이 공기알 속에 하나하나 들어차자 곧바로 나는 공기놀이를 시작했어 **그리고 다음엔 너야!**

날마다의 연습

접시 위에 소시지
구워
구부러진 소시지
오른손잡이는 칼을
오른손에 쥐나요
왼손잡이는 포크를
왼손에 쥘까요
서투른 칼질은
서투른 포크질보다
왜 더 귀여운가요
다부진 포크질은
다부진 칼질보다
왜 더 얍삽할까요
자르는 손에 더
힘이 가야 어른인가요
집는 손에 더
힘이 가야 성숙일까요
접시 위에 소시지
구워
구부러진 소시지
잘 썰어 먹는 방법도
안 가르쳐주는 주제에
아빠는 또 잔소리네요
것들 좀 세게 쥐지 마라

내 자지가 다 아프다

안 보이는 나들의 부화

가만, 가만, 쉿!
꼭 집어서 여기가 아파, 하고
내 왼쪽 관자놀이에 열 손가락을 찔러넣었을 때
꿀쩍꿀쩍 그대로 발빠져버리는 손가락들……
우이씨, 대체 언놈이 여기다 맨홀을 판 거야?

"구운 모래알들을 한 솥 다 삶아먹고 배부른 부항단지처럼 열 깊고 또 병 깊어 보였어요.
이 안은,
주렁주렁 매달린 회백색 포도송이들이 툭툭 씹어 불던 콘돔에 씨를 싸버린 채 익어갔어요.
이 안은,
압력솥으로 쪄낸 득실득실한 팥알들이 서로 서로의 귀에 박힌 달팽이집만한 보청기의 볼륨을 최고조로 높이곤 했어요.
이 안은, 참말이지,
부젓가락을 구부려 만든 숯으로 받아 적은 메모들이 변사자 신원조회용 벽보처럼 덕지덕지 붙어 있었어요."

누군가 허공에 새겨놓은 점자를 더듬거리고 있었어. 그때 삐악삐악 삐악 소리가 나는 샌들을 신고 아장아장 마중 나오는 발소리가 들렸어. 안쪽 밑창이 더 빨리 닳는 안짱다리를 가진 아이의 발굽소리였어. 얘야, 여기 불 좀 켜줄래? 입 뚫린 천장에서 샛노란 물줄기가 쏟아져내리자 여기저기 몸 박혀 있던 부서진 뼛조각들이 형광 페인트를 뒤집어쓴 채 쩝쩝 입맛을 다져나갔어. 얘야, 너 하루종일 비타민만 깨물어 먹었구나, 오줌이 눈물나게 셔. 출렁출렁해진 뼛조각들의 방광을 빨아대자 멍울멍울 새끼 까는 내 안의 종양들이 나도 톡 나도 따라 톡톡 눈뜨기 시작했어.

누가 나 모르게 REC를 눌러놨나봐

첫번째 계단을 딛고 오르자 교복들이 저요, 저요, 발표수업을 하고 있어. 우리집에 이게 가장 많아요, 한번 얘기해볼 사람? 교복들이 아예 책상 위로 올라앉아 저요, 저요, 팔 빠지게 손을 뻗고 있어. 달랑 나 하나만 손톱을 물어뜯고 있어. 달랑 내 책상 걸상만 뒤로 밀려나고 있어. 야, 네가 한번 말해봐. 절레절레 나는 고개를 가로저었어. 어서 말해. ……싫어요, 말 못해요. 얼굴이 달군 고구마같이 시뻘게진 선생님이 슬리퍼를 벗어 내 뺨따귀를 갈겼어. ……죽어도 말 안 할 거야. 이 계집년이 미쳤나. 성난 전기뱀장어같이 부들부들 몸 떠는 선생님이 샅바 쥐듯 내 목을 움켜잡았어. ……싫어, 싫어, 싫어…… 생일도 아닌데 57개의 교복들이 돌아가며 내 몸에 꽃삽을 꽂고 있어. 꽃삽이 꽂힐 때마다 스프링 달린 내 눈알은 1센티미터씩 안경알 밖으로 튕겨나갔어. 나는 발이 57개 달린 영덕게다, 그치? 교복들이 하나도 안 웃었어. 나는 웃었어. 선생님이 쓰레받기로 날 쓸어 담더니 재래식 똥통 속에 처박아버렸어. 그래 이 씹새끼야 우리집에 젤 많은 건 털이랬다……

두번째 계단을 딛고 오르자 맷돌질하는 소리가 들려왔어. 멧돼지처럼 살찐 까만 염소가 아빠의 잎 무성한 겨드랑이 털을 뜯어먹고 있었어. 멧돼지처럼 살찐 까만 염소가 엉킨 철수세미 같은 엄마의 음모를 뜯어먹고 있었어. 멧돼지처럼 살찐 까만 염소가 풀어헤친 내 머리칼을 뜯어먹고 있었어. 멧돼지처럼 살찐 까만 염소가 보송보송한 다섯 동생들의 솜털을 뜯어먹고 있었어. 멧돼지처럼 살찐 까만 염소의 하얀 잇새마다 길게 키 자라는 까만 수염이 새끼줄을 꼬고 있었어. 저마다 그물 원피스를 해 입겠다고 안 보이게 아귀다툼하는 안 보이는 나들이 안 보이도록 새끼줄에 매달려 안 보여준 내 실루엣을 베끼고 있었어.

세번째 계단을 딛고 오르자 문 앞에 와 기다리던 안 보이는 나들과 숨통이 부딪쳤어. 두드릴까? 나는 안 보이는 쇠사슬에 칭칭 휘감겼어 두드릴까? 나는 안 보이는 지랄탄이 내 눈 속에 입속에 콧구멍 속에 장착되는 소릴 들었어. 두드릴까? 나는 안 보이는 참빗으로 몸 빗겨져 비누덩어리 하프로 연주되었어. 두드릴까? 나는 안 보이는 참치 따개들이 내 배꼽을 돌려 딴 뒤 핏방울로 아로새긴 악보를 훔쳐 달아나는 걸 그저 바라만 보았어. 두드릴까?

그래, 차라리 두드려버려!

네번째 계단을 두드리자 푹푹 속 썩는 방귀 냄새가 났어. 애드벌룬만한 방귀방울이 들어찼다 터지고 벌어졌다 오므라들길 반복하고 있었어. 나들아, 거기 안 설래? 모기향에 불을 붙여 안 보이는 나들의 그림자를 쫓게 했어. 허리 꼬인 호랑나비들이 뿡뿡 방귀를 껴대며 점박이에 내 체취를 가두고 있었어. 나들아, 이제 그만 잡혀라. 석유통에 불을 붙여 안 보이는 나들의 점박이를 쫓게 했어. 방귀 냄새가 점점 더 진해지고 있었어. 안 보이는 나들의 그림자가 사방으로 집어던진 사전을 잽싸게 피해 다니고 있었어. 안 보이는 나들이 사각사각 사전 속의 글자들을 파먹고 설사 같은 말줄임표만 찔끔찔끔 흘리고 있었어. 안 보이는 나들이 깔깔깔 웃으며 점박이에 담아둔 내 체취로 마사지하고 있었어. 안 보이는 나들이 이제 잘 보이는 나를 졸졸 쫓아다니고 있어.

다섯번째 계단을 딛고 오르자 헤어 롤을 만 곱사등이 할머니의 머리통에 불이 붙어 있어. 할머니 머리에 불났어? 오야 오야. 할머니 안 뜨거워? 오야 오야. 곱사등이 할머니의 불붙은 머리통에 손을 쬐고 있던 안 보이는 나들이 타닥타닥 튀는 불꽃에 살 껍질을 태워먹고 군오징어 냄새를 풍기고 있어. 안 보이는 나들이 잉잉거리며 곱사등이 할머니를 조르고 있어. 곱사등이 할머니가 말라붙은 건포도 같은 젖꼭지를 꼬집어 젖을 짜고 있어. 살을 핥듯 할딱할딱 할딱거리는 곱사등이 할머니의 백태 낀 혀가 땅바닥에 쓸리고 있어. 그만해, 내가 줄게. 밥공기처럼 띵띵 부어오른 내 젖가슴을 주물럭거리자 쌀뜨물 같은 눈물 두 사발이 옴팡지게 쏟아졌어. 안 보이는 나들이 안 보이는 대롱을 찔러 내 눈물 두 사발까지 우그러뜨렸어. 곱사등이 할머니가 휴휴 한숨을 내쉬며 곡괭이로 등을 파더니 살포대기에 싸여 있던 알 하나를 건져냈어. 탈탈 턴 각질로 톱밥 이불을 해 덮은 할머니가 세제 알갱이만한 씨알로 점점 오그라들더니 민들레 홀씨 되어 팔랑팔랑 날아가고 있어.

다시, 가만, 가만, 쉿!
들리니?
보이니?
냄새도 나니?

알을 깨고 발가락이 열 개에서 여섯 개 모자란 샴쌍둥이 한 쌍이 나와 뒤뚱뒤뚱 내 몸 위에 새(鳥) 발자국을 찍어대고 있어. 알을 깨고 나온 한 쌍의 샴쌍둥이 뒤로 발가락이 열 개에서 여덟 개 모자란 또 한 쌍의 샴쌍둥이가 내 몸 위에 새 발자국을 찍어대고 있어. 알을 깨고 나온 두 쌍의 샴쌍둥이 뒤로 발가락이 열 개에서 열 개 모자란 또 한 쌍의 샴쌍둥이가 내 몸 위로 다닥다닥 손발자국을 찍어대고 있어. 쿵쾅쿵쾅 내 몸 위를 뛰어다니는 내 손발 자국들이 땅속 깊이 나를 눌러 심고 있어. 다시 깊이깊이 잠들어가는 내 몸 위로 이제 막 잠깬 나들이 밤새도록 탭 댄스를 추고 있어.

에고머니 재미없는 자매 놀이

찢어져 나달거리는 롱스커트의 레이스 자락을 밟고서 너는 자꾸 또 자꾸 미끄러졌다. 때 절은 미사포로 얼굴을 싸맨 채 춧농 같은 눈물로 안대를 찬 너는 줄도 없이 엉킨 스텝을 꼬아대고 있었다. 진홍빛 루주를 덧바르며 나는 쇠꼬챙이같이 말라비틀어진 네 종아리만 노려보았다. 잠도 없이 콜라병으로 종아리를 밀어대는 동안 자면서도 오금을 펼 수 없어 긁어대던 네 질구는 불에 덴 바셀린처럼 흐물흐물 녹아내리고 봄이 오면 나도 미니스커트를 입을 수 있을 거야 그때 함께 치마를 사러 가자꾸나 약속했지만 나날이 네 종아리만 수수깡처럼 곯아가고 거울을 다 깨부숴도 얼굴들 지워지질 않아 언니, 언니가 저기 나한테 총질해대는 손가락들, 현관문 새에 넣고 탕탕 문 닫는 거 해주면 안 돼? 에이 씨발, 아가리 안 닥쳐? 일 인치, 일 인치도 안 줄었어, 도대체가 난 똥꼬 치마를 입을 수 없잖아. 줄자로 종아리를 재다 만 내가 집어던진 콜라병이 벽에 부딪쳐 푸른 불꽃으로 쌓이는데 그게 무슨 새 스프링 박은 매트리스라고 펄쩍펄쩍 그 위에서 텀블링하는 네 발바닥은 아까징끼를 병째 쏟아 부은 듯 흥건해지는데 얘가 왜 이리 지랄이고 난리야 울화증으로 답답해진 내가 네 머리끄덩이를 낚아채 쏴아쏴아 에프킬라를 뿌려대자 울며불며 살려주세요 살기 싫어요 닭똥 냄새 나는 손바닥을 싹싹 비벼가며 기어와 너는 개처럼 내 종아리를 핥기 시작하는데 피부연고제를 입술 위에 허옇게 처바르고 뻐끔뻐끔 유리어항에 입맞추던 네가, 뿌리내리지 않은 양파 머리꼭지에서 피어난 팥죽색 꽃 꺾어 귀에 끼운 네가, 속 깊이 물 주어 키워온 것일까. 개미만하게 자란 서캐들이 우르르 네 머리카락에서 떨어져내리더니 발맞춰 네 뒤에 따라붙었다. 서캐들이 짧은 물 호스 같은 대롱을 딸기잼처럼 엉기는 네 핏발자국에 끼워넣고 쪽쪽 빨아댔다. 흰자위까지 눈이 빨개진 너는 킥킥 웃으며 졸졸졸졸 내 뒤를 따라다녔다. 꿀 좀 줘, 언니, 꿀을 줘 언니. 네가 내민 꿀 항아리 속에는 등뼈에 옷핀을 단 인간 브로치들이 한 가득 피에 절여져 있었다. 타임! 타임! 너는 품고 있던 꿀 항아리를 내게 덥석 안긴다. 자, 이제 그만, 지금부터는 언니가 술래 할 차례지? 그치? 넘겨받은 꿀 항아리를 품에 꼭 껴안고서 나는 너의 뒤를 졸졸졸졸 따라다니기 시작한다. 꿀 좀 줘 동생, 제발 꿀을 줘……

죽어도 절대 안 죽는 내 소꿉친구의 아버지는 이제 영원히 노래할 수 없어요

1

여섯 살 때 내 소꿉친구의 아버지가
내게 이런 노래를 가르쳐주었어요

아저씨 아저씨 멋쟁이 아저씨
큰 가방 차고서 어디 가세요
큰 가방 속에는 벌꿀 사탕 들었죠
꼭 쥐고 빨면은 맛 더 좋아요

그때 내 소꿉친구는 오줌 구멍에 덕지덕지 노란 딱지가 내려앉는 병을 앓고 있었기 때문에 곱슬곱슬한 음모에 매달려 사는 서캐를 잡아줄 사람이 아무도 없다고 했어요 근데 나는 동네에서 소문난 이 잡기 선수였던걸요 크흐흐 웃으며 아저씨가 상으로 내 입에 벌꿀 사탕을 물려주었어요 입속이 죄다 까지도록 나는 울면서 울면서 사탕을 빨았어요 맛없었어요 하지만 빨다 뱉음 맞았어요 정글짐 칸칸에 부딪힌 것처럼 감쪽같이 맞았어요 엄마가 알면 내 소꿉친구가 쥐로 변한다고 했어요 엄마는 동네에서 소문난 쥐잡기 선수였던걸요 그러다가 아저씨가 뒈졌어요 똥꼬를 빡빡 긁다 뒈졌대요 엄마가 에이 캑 에이 캑 뒈진 아저씨의 입을 열어 피가래침을 뱉었어요 나도 따라 에이 캑 에이 캑 뒈진 아저씨의 입을 열어 피가래침을 뱉었어요 아저씨는 내게 다시 노래시키러 오지 못할 거라고 했어요 이제 나는 벌꿀 사탕 따위는 절대 빨지 않아요

2

열세 살 때 내 소꿉친구의 아버지가 꿈에 나타나 내게 이런 노래를 가르쳐주었어요

아저씨 아저씨 멋쟁이 아저씨
큰 가방 차고서 어디 가세요
큰 가방 속에는 슈가 우유 들었죠
흔들어 마시면 맛 더 좋아요

그때 내 소꿉친구는 다발성 근종으로 자궁이 팅팅 불어 입으로 머리 잘린 아기를 막 뱉어놓은 직후였기 때문에 우유를 데워 배불리 먹여줄 사람이 아무도 없다고 했어요 근데 나는 동네에서 소문난 목장집 딸이었던걸요 크흐흐 웃으며 아저씨가 상으로 내게 슈가 우유를 핥게 해주었어요 나는 고양이들이 제 새끼들을 데려올까 카펫 깊숙이 박힌 얼룩까지 꼼꼼히 핥았어요 맛없었어요 하지만 핥다 멈춤 맞았어요 고막에 깜빡 하고 불 나간 것처럼 순식간에 맞았어요 엄마가 알면 내 소꿉친구를 프라이드 치킨처럼 튀겨버린다고 했어요 엄마는 동네에서 소문난 치킨 요리 선수였던걸요 그러다가 아저씨가 뒈졌어요 발라먹던 닭뼈가 식도에 걸려 뒈졌대요 엄마가 뿌지직뿌지직 뒈진 아저씨의 관뚜껑을 열고 앉아 설사를 싸댔어요 나도 따라 뿌지직뿌지직 뒈진 아저씨의 관뚜껑을 열고 앉아 설사를 싸댔어요 아저씨는 두 번 다시 내게 노래시

키러 오지 못할 거라고 했어요 이제 나는 슈가 우유에 밥 말아 먹는 일 따위는 절대 하지 않아요

3

스물네 살 때 내 소꿉친구의 아버지가 꿈속에서 나와 내게 이런 노래를 가르쳐주었어요

아저씨 아저씨 멋쟁이 아저씨
큰 가방 차고서 어디 가세요
큰 가방 속에는 벌레 벌레 들었죠
한 번만 물려도 바로 죽어요

그때 내 소꿉친구는 육포처럼 다듬잇방망이질당하더니 쓰레기봉투에 담긴 지 석 달 만에 발견되었기 때문에 열두 명의 머리 잘린 아기를 키워줄 사람이 아무도 없다고 했어요 근데 나는 동네에서 소문난 탁아소 보모였던걸요 크흐흐 웃으며 아저씨가 상으로 내 조가비 속에 꼭꼭 벌레를 숨겼어요 나는 벌레들이 도망가지 않게 야금야금 내 조갯살을 파먹혔어요 쓰라리게 아팠어요 하지만 이제 더는 안 아플 거예요 내 소꿉친구는 이미 죽어버린걸요

나는 소꿉친구의 목뼈를 부러뜨린 그 방망이를 찾아 나섰어요 방망이야 방망이야 너 어디 있니 이리 나와 나도 좀 패주라 그러자 여기저기 흩어져 있던 방망이들끼

리 서로의 몸을 부닥쳐가며 침을 뚝뚝 흘려가며 흘린 침이 너무 질겨 칭칭 온몸이 감겨가며 내게 쏜살같이 달려왔어요 나는 이때구나 싶어 엉켜 있는 방망이들을 줄줄이 엮어 소시지처럼 공중에 매달았어요 꽈배기 반죽처럼 방망이들이 찍찍 늘어나자 엄마가 도넛을 해준다고 방망이 반죽을 뚝뚝 뜯어냈어요 뜯어낸 반죽이 물 냄비 속에서 펄펄 끓었어요 나도 따라 방망이 반죽을 떼어 물 냄비 속에 넣었어요 그러다가 드디어 아저씨가 뒈졌어요 홀라당홀라당 연시 껍질처럼 허물이 몇 번 벗겨지더니만 갈비뼈랑 등뼈가 물풀처럼 녹아내려 뒈졌어요 아저씨는 세 번 다시 노래시키러 오지 못할 거예요 이제 나는 벌레 따위는 절대 겁내 하지도 않아요

죽어도 / 절대 / 안 죽는 / 내 / 소꿉친구의 / 아버지는 / 이제 / 영원히 / 내가 / 죽여버렸어요

사춘기 1

촛불을 켜면 지레 목부터 따 보이는 문갑
오지명 아저씨 따라 용녀, 아 용녀,
손가락으로 찔러 총 몇 번 해봤을 뿐인데
감춰놨던 노리개를 홀랑 다 토해버리는 문갑

—무얼 걱정하니 얘야
　작살난 자개 대신 여직 안 태어난 자개로
　넌 다시 감쪽같아질 텐데 아주 장식적으로다가

본드 사러 간 애인들은 본드에 미쳐 날뛰는 살찐 망아지들
씰룩씰룩 그네들의 시뻘건 엉덩이가 짓뭉갠 백설기에는
너덜너덜 피고름에 전 살점이 터진 건포도로 박혀 있었지
숫총각과 씹하듯, 그러니 그게 효력깨나 있었겠어?*

금조개 캐러 간 엄마들아
너희들이 쓰고 있는 건 귀마개가 아니라 조가비잖니
아코디언의 주름상자처럼 공기 속에 엄말 짜부라뜨리는
저 투명한 꽃병 밖으로 거무튀튀한 음순을 그래도
꽃이라고 아이 이뻐라 피워낸 엄마들아
쏙 내민 고 혀를 호미로 대체 무얼 캘 수 있단 말이니?

너무 지친 문갑…… 문갑은 지쳐 말이 없고
문갑 안에서 문갑을 못질하는 천사의 장도리 소리
너무 헐거운걸…… 그렇담 이건 어때?

문갑 안에서 문갑을 빼개대는 천사의 도끼질 소리
너무 잘은걸…… 그렇담 이건 또 어떠니?
문갑 안에서 그러나 문갑을 씹어대는 천사들의
아귀아귀 아귀 엇물리는 소리에 퉤!
나를 입 밖으로 뱉어버리는 문갑

—무얼 걱정하니 얘야
저기 뼈에 분칠해 더더욱 창백한 해골 하나
떽떼구르르 점 없는 주사위로 굴러가고 있는데
아주 장식적으로다가

* '효력 있다 숫처녀와 씹하듯': 앙리 미쇼의 시.

사춘기 2

촛불 속으로 걸어들어가면 언제나 흔들리고 있는 이중창. 말랑말랑한 고걸 손가락으로 좀 들어올릴라치면 엄지와 검지가 그대로 눌어붙어 나는 안 삶아도 뜨거운 얼음을 뚫고 일자로 드러눕는 열쇠가 되어버리지. 저 아래 일층부터 순서를 기다리는 자동차들이 차례차례 주유 호스를 입에 물고는 기름칠한 문갑으로 사다리를 쌓아올리지. 나는 사다리를 타고 올라보는 최초의 열쇠, 딸깍 하고 눈을 찌르면 화들짝 문을 열어 입던 팬티까지 벗어 흔드는 문갑. 나는 사다리를 딛고 내려보는 최후의 열쇠, 딸깍 하고 배를 쑤시면 화들짝 문을 열어 낮에 먹은 국수 면발까지 토해 보이는 문갑.

—문갑 속으로 걸어들어가는 수많은 나들마다 입안 가득 문갑을 감춰놓고 있었지.

촛불 속에서 걸어나오면 언제나 이중창을 씹어 삼키는 벽. 어둠처럼 뜯어지지 않는 까만 벽지 위에다 온몸으로 탁본을 떠볼라치면 백육십팔점팔 센티미터짜리 초대형 열쇠가 제 몸에서 백육십팔점팔 밀리미터짜리 초소형 열쇠들을 토막 내치고 있지. 저 위 옥상부터 순서를 기다리는 할머니들이 차례차례 토막 난 열쇠를 꾸욱 삼키고는 앞사람을 밀치기 시작하지. 나는 죽자마자 태어나는 최초의 아기, 응애 하고 울부짖으면 천천히 문을 닫아 인큐베이터를 작동시키는 문갑. 나는 태어나자마자 죽는 최후의 아기, 소리 없이 웃어젖히면 천천히 문을 닫아 손수 나무관을 짜주는 문갑.

—문갑 속에서 걸어나오는 수많은 나들마다 다시 또 다시 입안 가득한 문갑 속으로 되돌아가고 있었지.

나는 까만 꽃가루들을 알아

1

지하철 타고 가는데 내 앞에 앉은 소녀가 겨드랑이 털을 뽑고 있어. 민소매 입은 왼팔 들어 반 만세를 한 소녀가 북슬북슬 북슬개의 숱을 솎고 있어. 족집게에 마이크가 달렸나. 맨소래담으로 허옇게 분 두들겨 바른 여자들이 열무 뽑다 말고 부랴부랴 일렬로 늘어섰어. 날아올라라 까만 꽃가루들아, 모여들어라 까만 꽃가루들아. 여자들이 까만 꽃가루들 쫓아 장바구니 든 손에 손을 이어 달았어. 형사 가제트의 만능 팔처럼 발사 발사된 여자들의 손이 까만 꽃가루들은 놓치고 까만 꽃가루들의 방만 골라잡았어. 까만 꽃가루들의 방을 들여다본 적이 있니. 저어기 까만 언덕 너머, 까만 기와지붕 아래, 까만 온돌방 안에, 까만 아랫목 위에, 까만 포대기에 싸여, 까만 젖꼭지를 물고, 까만 젖을 빠는, 까만 아기의, 까만 눈동자에, 까만 눈물방울 속 깊이 어룽지는, 까만 난자가, 통통하게 살찐 순금 자물쇠에 물려 있단다.

2

까만 꽃가루들의 방문 앞에서 여자들, 상여꽃 같은 프릴 달린 무지개 치마를 잘라 거울을 비추고 있었어. 거울에 비친 여자들의 몸에는 만화경 속 울긋불긋한 색종이 꽃이 만화방창해 있었어. 아야, 아야, 봄도 아닌데 제발 꽃봉오리 터트리지 말라니까. 여자들의 핏줄을 따라 시큼시큼한 진물이 도랑으로 고여 있었어. 도랑 속에 빠져 뒤집힌 마을버스에는 사산된 아이들의 야들야들한 볼깃살만 물어 씹는다는 한 무리의 개떼가 타고 있었어. 토막 낸 아이들의 잔뼈로 국물 맛을 낸다는 삼계탕집 오씨가 타고 있었어. 부러뜨린 여자들의 갈비뼈로 곤봉을 깎아 찬다는 이동파출소 이순경이 타고 있었어. 손톱깎이로 잘근잘근 여자들의 불두덩을 찝어 미끼로 판다는 낚시가게 조씨가 타고 있었어. 마네킹처럼 여자들, 악을 지르고 또 지르지만 소리가 안 나와. 기다리고 또 기다리지만 매달 그날이 되면 피가 말라. 던져도 또 내던져도 안 깨지는 거울을 저도 모르게 끌어안고서 마네킹처럼 여자들, 혀를 뽑아 몸 구석구석 도랑 친 진물을 핥을 뿐이야.

3

지하철 타고 가는데 동물유치원 아이들이 방울방울 비눗방울 놀이하고 있어. 아이들이 불어 올린 비눗방울이 눈 내린 포도밭의 얼음 포도송이처럼 방울방울 빛나고 있어. 아이들이 견학 갔다 본 동물 친구들을 방울방울 비눗방울에다 불어넣고 있어. 하나, 둘, 셋, 넷…… 캥거루를, 아니 새끼 캥거루를 안 불었네. 아이들이 서둘러 성냥개비보다 더 작은 1센티미터짜리 새끼 캥거루를 불어넣고 있어. 휴, 이제 빨리 엄마한테 가자. 아이들이 방울방울 비눗방울 속으로 빨려들고 있어. 방울방울 비눗방울마다 아이들과 동물 친구들이 동물농장 노래를 손뼉 치며 합창하고 있어. 방울방울 비눗방울마다 아이들과 동물 친구들의 신나는 노랫소리가 멀리멀리 퍼져가고 있어. 멀리 멀리서 까만 꽃가루들이 날아와 방울방울 비눗방울에다 찰싹찰싹 귀를 갖다붙이고 있어. 어라, 너희들은 누구니? 우리들은 까만 해마야, 우리들도 끼워주라. 그래 어서 들어와. 아이들이 까만 해마들을 끌어주고 있어. 방울방울 비눗방울마다 까만 해마들이 아이들의 육아낭 속에 자릴 잡고 있어. 아이들이 불러주는 동물농장 노래에 방울방울 비눗방울마다 까만 해마들은 쌔근쌔근 잠이 들고 있어. 방울방울 비눗방울마다 육아낭 속에 잠든 까만 해마들을 품고 가는 아이들이 통통하게 살찐 순금 열쇠를 꾸역꾸역 토해내고 있어.

담벼락에 붉은 낙서

그날 밤 통통하게 살찐 사랑스러운 손 하나가 내게 악수를 청해왔고 나는 몸이 다섯 손가락으로 입 벌어진 너를 좇아 전선 같은 오선지 위에 맘껏 목매달 수 있었다. 누가 알까. 바람이라도 불라치면 댕강댕강 머리 부딪쳐—처음이야—이 낯선 화음 속에 그 지랄 맞은 두통을 감춰버리는 나를. 그렇게 언제나 생리통은 거짓말이었지. 기저귀를 잇고 이어 뽀송뽀송한 이부자리를 펼쳤지만 나는 피 싸는 법을 잊은 지 이미 오래고 밤이면 어김없이 똑똑 날 찾아오는 박쥐 신사 양반아, 이제 너에게 내줄 거라곤 프라이팬에 까맣게 눌어붙은 최초의 혈흔뿐인걸…… 기억나니? 맨드라미, 맨드라미, 맨드라미처럼 네가 그랬지. 피자둣빛 머리칼로 왕관 쓴 네 머리가 좋아. 3일 낮밤 풀어헤친 머리로 물구나무를 섰지만 피가 몰린 나는 아니랬다. 3일 낮밤 선지 풀어 머리를 감아댔지만 피로 염색한 나는 아니랬다. 3일 낮밤 식칼로 머리에 가르마를 탔다. 3일 낮밤 과도로 머리에 바둑판을 그려댔다. 3일 낮밤 포크로 머리 가죽을 쫙쫙 빗어내렸다. 쏴쏴 분수처럼 뿜어져나오는 피가 소나기로 쏟아져내릴 때, 진흙 속에 풀밭 속에 네 눈은 공작의 날개 속에 숨은 금빛 반점으로 혼자 빛나고 있었다. 나는 다 짜버린 붉은 물감의 찌그러진 실루엣, 허리를 뚝뚝 분지르며 온몸을 꾹꾹 눌러 담벼락에 글씨를 새기고 있었다. 안녕, 안녕, 다 들킨 너 눈알아. 깨물면 미원 맛이 나는 네 성기는 오늘도 내 변기 속에서 잘도 자라고 있단다.

하지 마요, 해도 하는 손들과 더불어

술 취한 풍년떡집 털보가 떡 주무르듯 제 아내의 젖퉁이를 주물럭대고 있다. 바로 얼마 전 오늘, 발가벗긴 그녀를 가게 밖으로 끌고 나와 꾸둑꾸둑 채 덜 마른 가래떡으로 여봐란 듯이 후려갈기던 그가 바로 오래전 오늘, 애인의 시린 두 발을 겨드랑 새에 끼워넣고 호호 녹여주던 그가 바로 어제인 오늘, 꿀떡 하나만 먹어주면 안 잡아먹지 새벽미사 가던 그녀의 입속에 꾸역꾸역 제 성기를 찔러넣던 그가 바로 매일 오는 오늘, 3층 내 방 유리창에 낀 성에를 북북 긁는 소리로 찾아왔다. 속는 줄 알면서도 또 속아버린 내가 창에 뺨을 대자 내 얼굴은 압지에 빨려드는 잉크처럼 순식간에 넙데데한 살 반죽으로 푹 퍼져나갔다. 나는 소리쳤지만 입김이 거셀수록 겹겹이 천을 덧댄 새하얀 마스크는 찌그러진 점토 속 이제 막 생기려는 점 하나까지 다 잡아먹고 투실투실 살이 오르더니 머리 위로 올라앉은 떡시루처럼 내게서 자꾸만 내 몸을 밀어냈다. 쭈글쭈글 주저앉은 스타킹으로 따라가지 못한 나는 집집마다 유리창 위에 눌려 있는 여자들의 얼굴이 반짝반짝 손톱에 칠한 투명 매니큐어처럼 빛나고 있는 걸

본다. 눈물인데 그냥 가는 비로 흐르게끔 내버려두는 사람들과 더불어

그들은 우산 없이도 젖지 않았다. 우산을 써도 펑펑 젖어버리는 건 얼굴 없는 여자임을 증명하는 푸른곰팡이

같은 거, 하여 집 앞 전봇대 아래 꾹꾹 눌러 밟은 쓰레기 봉투를 걷어찰 때면 멍투성이 그녀들, 푹푹 썩다 말고 때려잡기 두더지처럼 불쑥불쑥 튀어나오곤 했다. 싸움은 손이 둘 달렸던 것*이라 했었죠? 그래요, 당신이 끼워준 반지가 도통 빠질 줄 몰라 손목을 아예 잘라버렸던 것뿐이에요. 그걸 펜던트로 줄 끼워 목에 걸고 다닌 내가 그렇게도 큰 죄란 말인가요. 그들이 원할 때면 언제나 검은 비닐을 씌운 관상용 화분이 배달될 수 있었다. 말론 인형처럼 동전만한 얼굴에 방울토마토처럼 볼 빨간 여자들이 대롱대롱 매달려 있는 화분이었다. 날마다 그들은 화분 속에 커피를 물 주었고 담배를 비벼 껐으며 타르가 찐득찐득 낀 가래침을 내뱉었다. 습관이 되어버린 걸 낸들 어쩝니까. 그들이 이 쑤시다 만 이쑤시개로 여자들의 까맣게 눌은 볼을 콕콕 찌를 때면 나는 티눈 박인 새끼발가락이 밟힌 것처럼 여자들이 숨죽여 내지르는 걸

듣는다. 비명인데 그냥 산들바람으로 불게끔 내버려두는 사람들과 더불어

* 싸움은 손이 둘 달렸던 것: 미하엘 크뤼거의 시 「달빛을 쫓는 사람」에서.

안녕, 안녕, 안녕하다는 나의 밤이 나를

빨래집게처럼 자국 난 입을 가진 밤이 내 심장을 아삭아삭 베어 물며 말했네. 안녕, 안녕, 내 이름은 안녕이야. 그렇지 않아, 난 너 때문에 늘 약병 속에서 베개를 찾는걸. 그럼 전화를 받아봐. 수화기 너머 빈센트 반 고흐 아저씨가 잘려나간 귀때기 좀 찾아봤냐고 따져 묻고 있네. 나는 안 가졌는걸요, 하니까 아저씨는 해바라기 꽃잎 모양의 귀걸이가 달랑대는 내 귓불을 썰어 설컹설컹 씹어버리네.

납덩이처럼 총알 탄 눈알을 쏘아대는 밤이 내 눈두덩을 과녁 삼으며 말했네. 안녕, 안녕, 내 이름은 안녕이야. 그렇지 않아, 난 너 때문에 늘 얻어맞고 싶은걸. 그럼 웨딩마치를 울려봐. 거세한 조랑망아지를 타고 달리는 포수가 사방팔방 총을 쏴대며 짜부라진 귀뚜라미를 씹어먹고 있네. 내가 산산조각 난 내 두개골 파편으로 동글납작 완자를 빚어내자 포수가 까만 구두약을 발라 까만 바둑알을 삼아버리네.

털북숭이처럼 가슴에 깔끄러운 융털 깐 밤이 내 사타구니 안을 파고들며 말했네. 안녕, 안녕, 내 이름은 안녕이야. 그렇지 않아, 난 너 때문에 늘 신음소리를 내야 하는걸. 그럼 당장 항아리를 깨버려. 불알 달린 바비와 브래지어 한 푸가 서로 부둥켜안은 채 짝짓기하고 있네. 내가 비녀못으로 한데 붙은 둘의 씨방을 터뜨리자 구루병

앓는 수호천사가 내 양수에 얼음덩이를 동동 띄워두네.

돼지비계처럼 미끌미끌 잘 집히지 않는 밤이 조각칼로 내 생명선에 바리게이트를 치며 말했네. 안녕, 안녕, 내 이름은 안녕이야. 그렇지 않아, 난 너 때문에 늘 넘어지고 마는걸. 그럼 대문을 활짝 열어봐. 양볼이 메어터지도록 도끼를 씹고 있는 아줌마가 양손에 장바구니를 든 채 서 있네. 내가 순순히 족갑 채워진 발을 내밀자 아줌마가 내 허벅다리를 토막 치더니 허벅살을 채쳐 무친 생채로 저녁상을 차려내네.

미농지처럼 바싹 혀가 마른 밤이 코르덴 무늬 같은 내 혈관을 뽑아 믹서에 갈며 말했네. 안녕, 안녕, 내 이름은 안녕이야. 그렇지 않아, 난 너 때문에 늘 허기져 있는걸 그럼 부엌으로 나가봐. 간장 된장 고추장맛 양념장이 비누거품 속에 말아놓은 내 살 부스러기에 간을 치고 있네. 내가 가스레인지 위에 누워 곰곰 뜸을 들이자 세쿼이어만한 주걱이 고슬고슬하게 익은 내 살밥을 비벼먹고 있네.

독 끓이는 행주처럼 열 창백한 밤이 알코올로 심어 가꾼 이쑤시개 나무로 관을 짜며 말했네. 안녕, 안녕, 내 이름은 안녕이야. 그래, 이제 내 이름도 안녕, 안녕이야. 그럼 어디 증명해봐. 뚜껑 열린 관 속에서 벌떡 일어난 전신거울이 투명 삼지창을 헤벌려 내 이름을 긁어 들이고 있네. 내가 휘파람을 불어 휘파람 속에 내 이름을 말아두자 호루라기로 날 따라 부는 밤이 그제야 끄르륵 끄르륵 트림을 하네.

완전한 격리

1

일찍이 그녀는 누에고치처럼 순결한 껍질을 원했다 그러나 순결한 껍질은 언제나 순결한 속살을 원했다 증명할 수 있어 증명해낼 수 있다니까 그녀는 쇠스랑을 가져다 양 가슴뼈를 긁어낸 뒤 연하고 말랑말랑한 가슴살을 한 줌 떼어냈다 그러고는 늑골에 고여 있던 피를 한 바가지 떠서 쪽쪽 찢어놓은 가슴살을 푹 적셨다 *얘들아 이리 와서 이 신선한 피고름 냉채 좀 맛보렴* 구경하던 소년들이 깔깔거리며 오동나무를 뭉쳐 만든 실로폰 채로 그녀의 머리통을 통통 두들겼다 *이 미친년아, 네 피는 까만색이야 격리대상 1호라고! 아냐 아냐 증명할 수 있어 증명해낼 수 있다니까* 그녀는 칼날이 신나게 돌아가고 있는 믹서 안으로 머리부터 들이밀었다 쨍 하는 소리와 동시에 살점은 물에 젖은 휴지가 되고 뼈 마디마디는 걸쭉한 사골 국물로 펄펄 끓고 신경 다발들은 뚝뚝 끊어져 수챗구멍을 틀어막은 머리칼처럼 엉켜갔다 *이 정도면 충분하니?* 깔깔거리며 구경하던 소년들이 점점 뒷걸음쳐 달아나고 있었다 *얘들아 어디 가니? 다시 한번 증명해낼게 증명해낼 수 있다니까* 불어터진 순두부같이 빚어지지 않는 제 몸을 시루 속에 쏟아부은 그녀가 3단 가스레인지의 불을 점점 키워나갔다 백설기 같은 매끈한 살결로 쪄진 그녀가 소년들의 코끝을 따라 말랑말랑한 담장을 둘러치고 있었다 *얘들아 제발 나 좀 봐줘 모락모락 이렇게 더운 김도 나고 있잖아 이런 씨팔 더러워 더럽다구 퉤! 퉤!* 소년들이 차고 있던 기저귀를 빼 그녀를 향해 내던졌다 발가벗은 소년들의 아랫도리에 돋아나는 새빨간 거웃이 새빨간 넝쿨로 꼬여 그녀에게 채찍질을 해대고 있었다 채찍이 꿀벌처럼 춤출 때마다 소년들이 움찔거렸다 소년들이 움찔거릴 때마다 소년들의 집 나팔은 커다랗게 부풀었다 나팔이 부풀수록 나팔수들은 나팔 아래 몸을 감추었다 깔깔거리며 구경하던 소년들 모두 부푼 나팔 아래 묻어 있는 침이 제 것이 아니라며 그 위에 대고 오줌을 갈기고 있었다

2

낯익은 사물들이 하나둘씩 잡아먹히고 있구나…… 발음하는 내 입술 사이로 벅찬 웃음을 웃느라 빼드러지게 앙다문 이빨이 벅찬 울음을 울고 있다 단 한 번 그대 혀끝이 스쳐간 자리마다 가르르르가르르르 끓는 물주전자 속에서 회전하는 계란처럼 검붉은 지진파로 갈라터지는 눈알들이 은행처럼 볶여댄다 한 알 한 알 색소까지 빨아들이는 거대한 흡반, 거기 혀를 꿰매넣은 그대의 새까맣게 타다 만 어깨가 사각사각 연필 깎는 칼로 심이 갈린 채 내 눈언저리를 향해 팔베개를 둘러온다 나는 아주 유연한 허리로 45도에서 60도 60도에서 90도로 발딱발딱 발기한 채 그대 쪽으로 광합성하기 시작한다 석횟가루를 잔뜩 묻힌 다디단 그대의 뺨이 직각으로 누워 나를 잡아당기는 또다른 나의 얼굴을 완전히 가려버린다 이제 나

는 가쁜 숨을 몰아쉬며 안도한다 그리고 환호한다 *와우, 얘들아 이것 좀 봐, 드디어 내 푸른 제2의 자아*가 내 몸 위에 달군 피자처럼 엉겨붙고 있어*

* 푸른 제2의 자아: 사라 키르쉬의 시.

밤이 머리칼을 풀어 나를 찾는다

소시지처럼 살찐 애벌레들이 내 허벅살을 뚫고 기어들어온다.
펄에 파묻힌 게들의 숨통처럼 구멍 난 살 무덤에 풍선꼭지를 대고서
나는, 후욱후욱 불어본다. 몽알몽알 뭉친 알들이 부풀어오르고
순식간에 나는 그 속으로 빨려들어간다. 온몸을 웅크려
나는 난자 한 알을 가장한다.

밤이 머리칼을 풀어 나를 찾는다.
나풀거리는 길고 긴 손가락들, 물살에 흔들리는 해초처럼
그 끝을 잴 수 없는 낭창낭창한 몸놀림으로 나를 휘감는다.
숨 막히게 따뜻해요…… 뒤집어쓴 점막 속에서
내 심지가 품은 노른자는 점점점 비대해지고
피와 성기의 무게로 저울눈금은 휘돌아간다. 그리고
서서히 발아래로 질질 끌려가는 무게중심……

밤이 머리칼을 달궈 나를 지진다.
발기한 개좆처럼 쇠꼬챙이들,
내 두개골을 뚫고 위아래로 후벼댄다.
뇌척수액은 흐르자마자 마르고 빈 호두껍데기 속에선
뒤엉켜 흐무러진 효모들이 오그라들기 시작한다.

매콤하게 구워진 살갗이 몸을 벗는다.
밤이 제 머리칼 끝에 핀셋을 달아 나를 안 아프게 건져낸다.
사각형 틀에 넣고 얼린 얼음처럼 순백의 단단한 결정으로
나는, 링거 줄처럼 늘어진 탯줄을 자근자근 씹으며 달아난다.

밤이 머리칼을 뽑아 한 올 한 올 잇는다.
그 길 위를 달려나가는 내 몸은 사각사각 쪼개져가고
내 일란성 쌍생아들은 수십 그릇째 밥을 비워낸다.
밤이 길게 자란 머리칼로 나를 뜨개질해나간다. 기지개를 켜
나는 무한대의 타원을 가장한다.
이제 아무도 나를 잡아당기지 못한다.

어떤 동반자들

차려 하고 서서 뱉은 가래침에 내 콧날이 뚫린다. 나는 코를 싸쥔다. 사각사각 냄새가 나를 파먹는다. 나는 입을 틀어막는다. 침샘이 말라붙은 혀가 내 잇몸에 대롱을 꽂고 고름을 쪽쪽 빤다. 나는 소리 지른다. 귀청 떨어져나간 소리가 바싹 잡아당긴 고무줄같이 음정 못 찾는 내 성대에 자갈을 깐다. 나는 가슴을 탕탕 친다. 멍든 가슴이 내 눈두덩에 푸른 의자로 와 박힌다. 나는 눈물을 흘린다. 고여 속 끓는 눈물이 내 피를 맹탕으로 희석시킨다. 나는 도망친다. 달려나가는 알 밴 종아리가 누워 있는 내 장딴지에 걸려 골백번 넘어진다. 나는 일어서지 못한다. 주저앉은 땅이 한 번도 안 빤 과학실의 벨벳커튼 같은 하늘로 V자형 물구나무를 선다. 그 속에서 눈뜬 채 나는 잠이 든다. 뜬눈 밖으로 잠깬 나들이 다이빙한다. 꽃무늬 망사로 수영복 짜 입은 잠깬 나들이 아스팔트 위에서 살 찢어지게 헤엄을 친다. 올올이 뜯겨 함성을 퍼뜨리는 망사의 합창하는 입에 대고 잠깬 나들이 크게 더 크게 확성기의 볼륨을 높여나간다. 언젠가 내가 버린 걸레들이 일자로 다리 찢는 컴퍼스로 천막을 쳐 쉴새없이 쫑알거리는 꽃병들을 죄 덮어버린다. 어디에도 꽂히지 못한 잠깬 나들이 다 쓰고 난 편지의 자매봉투처럼 제 몸에 풀칠을 한다. 잠든 내 지문으로 검인 찍은 잠깬 나들이 우편배달부들에게 각각 한 통씩의 전보로 배달된다. 우편배달부들이 사팔뜨기가 될 때까지 돋보기로 글자 하나하나를 태워 읽는다. 다 타도 안 타는 글자들을 꼭 끌어안고 간

당간당 매달려 있는 잠깬 나들이 오그라든 속눈썹을 뷰러로 집어올리며 우편배달부들에게 윙크한다. 얼굴이 새까맣게 타버린 우편배달부들이 후닥닥 전보를 접어 도로 우체통에 넣어버린다. 그 속에서 눈 감은 채 나는 잠에서 깨어난다. 수취거절이라 겉봉에 찍혀 있는 전보들이 각지에서 내게 배달된다. 나는 부음이요 하고 홀랑 다 읽어버린 전보들을 세숫대야만한 솥단지 속에 탈탈 털어넣는다. 주먹으로 내리쳐진 크래커처럼 잘게 부스러져 나는 잠든 나들을 타닥타닥 살 까뒤집는 팝콘으로 튀겨낸다. 자루 한 가득 갓 튀겨낸 팝콘을 담아 나는 안 열어도 열리는 집집의 현관마다 눈송이처럼 뿌려둔다. 눈이 내린다. 눈에 엉겨 붙은 팝콘들이 소프트볼만큼 단단해져 집집의 창마다 스트라이크 존을 잡아둔다. 거기 누구야? 문 열고 나오자마자 잠든 나들이 빙판 위에서 스트라이크 아웃을 당한다. 비가 내린다. 비에 불어터진 팝콘들이 목화송이처럼 부풀어 폭신폭신한 이부자리를 펼친다. 거기 또 누구냐니까? 또 문 열고 나온 잠든 나들이 0점 만점의 착지자세로 이부자리 위에 발라당 드러눕는다. 나는 여기저기 잠든 나들을 소로 넣고 김밥 말듯 이불을 둘둘 말아나간다. 모터가 달달 돌아가는 전기톱으로 나는 둘둘 말린 이불을 김밥 썰듯 썰어나간다. 나는 다 썰린 이불 한 덩이 한 덩이 터지지 않게 보 싸서 김밥 먹듯 우물우물 씹기 시작한다.

밤마다 기다린다네 혀 잘린 여가수는

그러나 그녀는 아직 잘린 혀로 노래하는 법을 배우지 못했네 밤은 길고도
짧으니,

자유롭지 못한 턱관절은 기름칠한 톱니바퀴로 기어이 살아나고야 마네 그대들
그녀의 등뼈에 태엽을 감아대고 있으니,

거기

화들짝 만져지는

들**썩**임

네모나게 땅이 열리고 그 속으로 머리 박는 투명한 구근들
일제히 빨아올리네 점액질의 피
으깬 두부마냥 물컹물컹한 살점들
어둠 속에서
다만 어둠 속에서 독을 찾는 두꺼비들의 울음소리

그녀는 검은 입김을 불어 그대들 녹슨 위장에 불을 피우네
사슬 건 각목 같은 다리들이 뒤엉켜

넘어지는 불빛들 다시
분·분·히 일어서는 뼛가루들

그녀보다 먼저 누가 와 누웠나
그녀보다도 누가 더 먼저 와 누워 있었나

아직도 저 문 너머에서는

줄지어 선 손님들이
문을 두들기고 있다
여자는 안에서 노크한다
……오늘은 안 돼요

손님들은 차례를 기다리지 않는다
망치 좀 가져와 망치 찾는 소리
여자는 온몸으로 노크한다
……오늘만 봐달라니까요

누고 난 똥이 너무 굵어
변기 속에 얼굴을 묻은 채
여자는 울고 있었다
물이 나오지 않았다

망치로 문고리 때려 부수는 소리
허겁지겁 여자는
제가 눈 굵은 똥을 집어들고는 씹는다
오래전부터 여자는 참
배가 고팠던 것 같다고 생각한다
열 손가락을 하나하나 쪽쪽 빨고
오줌으로 입가심을 마친 뒤에야
여자는 문밖으로 나온다

코를 틀어막은 손님들이
뒷걸음쳐 달아난다
잇새에 낀 똥을 드러내며
활짝 웃는 여자에게 당분간
아무도 찾아오지 않는다

물이 나와도 여자는
종종 똥을 먹을 때가 있다

스무 살

좀 돌았으면 하고 꿈을 꿀 때 나는 캥거루를 만난다. 묵찌빠—묵찌빠 져야 기분 좋은 게임에서 캥거루는 묵밖에 낼 수 없는 잘린 발가락의 오므린 발등으로 내 얼굴을 내갈기는데 세시 정각의 시침처럼 드러누운 그림자, 나는 분침처럼 째깍거리는 기쁨에 서 있다. 도망칠수록 가까워지는 함정, 너 대머리 정부(情夫)는 쭈글쭈글한 제 성기에 박힌 까만 점을 사인펜 툭 떨어진 자리라며 연신 침을 발라 빡빡 지워대고 앉았는데 그래서 낸들 어쩌라고! 나는 빨랫줄에 목을 감아 고치로 새로이 태어나는 사형수를 질투하며 알알이 저 뜨거운 태양을 삼키고 또 삼킨 채 짓물러가는 한 덩이의 포도송이를 모방중이다. 그리하여 다시

1986년 여름,

남이섬 특설 무대에 오른 그 여자, 유미리가 앙코르를 하기 위해 마이크를 틀어쥐고 있다. 고맙습니다. 또 고맙습니다. 안개꽃다발에 파묻힌 155센티미터의 재미교포 대학생 유미리가 울먹울먹 안개 속을 걸어봐도 채워지지 않는 빈 가슴을 노래할 때 난데없이 야유의 휘파람과 함께 날아든 끈 풀린 군화 한 짝. 내 젊음에 빈 노트에 무엇을 채워야 하나. 스무 살 유미리의 하얀 미니스커트에 찍힌 그래 그 지울 수 없는 발자국.

3부 그녀들의 메르헨

내가 그린 기린 그림 기림

계란이 터졌는데 안 닦이는 창문 속에 네가 서 있어

언제까지나 거기, 뒤집어쓴 팬티의 녹물로 흐느끼는

내 천사

은총의 고문으로 얼룩진 겹겹의 거울 속 빌어먹을 나야

멀리 개 짖는 소리 들리더니

나는 한 그루의 거대한 눈알나무, 밤마다 내 몸에서는 사랑스러운 난자 대신 눈알들이 자라났다. 개중 뼈가 휘도록 탱탱하게 살찐 녀석들은 고무공처럼 이리 팅 저리 팅 튀겨다니더니 나만 모르게 꼭꼭 숨어버리곤 했다. 어디 갔을까, 어디로 사라져버렸을까. 어느 날 맞아 죽은 개의 악다문 입 속에서 말똥말똥 눈동자를 굴리고 있는 눈알 한 개를 찾아냈다. 하지만 망치로 개의 이빨을 깨부수는 동안 부풀 대로 부푼 눈알은 오히려 죽은 개를 한입에 삼켜버리고 마는 것이었다.

열쇠어(魚)

밤마다 나는 어항 속으로 머리를 들이밀어요
들리거든요 금붕어들의 반짝거리는 수다

이리 와
이리로 와서 우리랑 함께 빼끔거려보자
우와, 정말로?

나는 주걱으로 죽어라 내 입술을 때리기 시작했어요
밤마다 학의 긴 부리 끝에 한 꿰미로
똥구멍에서 주둥이까지
한 큐에 꿰여버리고 마는 금붕어들

매일 나는 새로 산 금붕어를 삶아 어항 속에 풀어두어요
때때로 플라스틱 금붕어들이 산란하기도 한답니다

거북 속의 내 거북이

거북이가 사라졌어 거북이가 사라져서 나는 내 거북이를 찾아나섰지 거북아 내 거북아 그러니까 구지가도 안 불렀는데 거북이들이 졸라 빠르게 기어오고 있어 졸라 빠르게 기는 건 내 거북이 아냐 필시 저것들은 거북 껍질을 뒤집어쓴 토끼 일당일걸? 에고, 거북아 내 거북아 그러니까 내가 거북곱창 테이블에 앉아 질겅질겅 소 창자를 씹고 있어 씹거나뱉거나말거나 토끼들아, 너희들 내 거북이 본 적 있니? 거북이는 바닷속에 거북이는 어항 속에 아이 참, 창자 뱃속에 든 것처럼 빤한 얘기라면 토끼들아, 차라리 하품이나 씹지 그러니 거북아 내 거북아 그러니까 거북하니? 속도 모르고 토끼들은 활명수를 내미는데 내 거북은 정화조 속 비벼진 날개의 구더기 요정 날마다 여치를 뜯어먹고 입술이 푸릇푸릇한 내 거북은 전적으로 앵무새만의 킬러 내 거북은 바지를 먹어버린 엉덩이의 말랑말랑한 괄약근 내 거북은 질주! 질주밖에 모르는 저 미친 마알…… 오오, 예수의 잠자리에 사지가 찢긴 채 매달린 저 미친 말을 내 거북은 미친 듯이 사랑했다지 난생처음 **사 랑**이라고 발음하면서 내 거북은 얼마나 울었을까 그러니 이제 그만 뚝! 하고 머리를 내밀어라 거북아 내 거북아 그러니까 왜 이래 왜 이래 하면서 텔레비전에서 거북이 세 마리가 노래하고 있어 저렇게 노래 잘하는 건 내 거북이 아냐 내 거북은 염산을 타 마시고 목구멍이 타버려서 점자처럼 안 들리는 노래를 부르지 내가 너를 네가 나를 껴안고 뒹굴어야 온몸에 새겨지는 바로 그 쓰라린 노래 자자, 이래도 안 나오면 네 머리를 구워먹을 테야 거북아 내 거북아 그러니까 삐친 자지처럼 내 거북이 머리를 쭉 내밀고 있어 선인장을 껴안고 선인장 가시에 눈 찔린 채 너 지금 뭐 하고 있니 언제나 선인장이 있어 선인장에게 죄를 묻고 마는 내 거북이, 불가사리처럼 내 안에 포복해 있는 붉은 네 그림자

고등어 부인의 윙크

한밤중에 목이 말라 냉장고를 열어보니 밤의 푸른 냉장고는 고장이 났고 나는 거기 머무를 수밖에 없었다. 어둠으로 불 밝히는 캄캄한 대낮, 갈퀴 달린 내 손톱은 빙산처럼 희게 빛나는 검은 저 삼각주를 박박 긁어대는데 내 음부에서 철철 피가 번지고 있었다. 달콤 쌉싸래한 시럽, 붉은 고 춧농에 젖어 살빛 카스텔라는 곰팡 난 매트리스로 푹 번져가는데 그 위로 삐걱, 삐걱 소리를 내며 꿈틀, 꿈틀거리는 이봐요 고등어 부인 씨…… 그녀는 한창 자위중이었다.

대지의 손을 빌려 뜨거운 혀와 같이 현란한 손놀림으로 그녀의 속속곳 속곳 속에 물살을 일으키는 그녀, 출렁출렁 밀려갔다 밀려오는 파도를 이불처럼 덮어쓰고도 푸들푸들 살 떨어대는 그녀, 그녀가 내게 윙크하는데 새까만 그녀의 눈동자가 데굴데굴 굴러오더니 가속도가 붙은 볼링공처럼 삽시간에 날 쓰러뜨리며 말했다. 너 하고 싶지? 네? 에이 하고 싶으면서 뭘. 아뇨, 나는 아냐. 순간 나는 하이힐 벗어 그녀의 양쪽 뺨을 후려찍고 말았다. 거짓말! 분명 넌 하고 싶은 거야! 이런 씨발, 아니, 아니라잖아. 참다못한 내가 그녀의 알주머니를 싹둑싹둑 가위질하자 김말이 속 당면처럼 빼곡히 들어찬 그녀들이 잘린 입 밖으로 일제히 폭소를 터뜨렸다. 이봐 고등어 부인 씨, 난 단지 갑갑증이 나서 살짝 따고플 뿐이라고!

나는 브래지어를 벗어던졌다. 나는 팬티도 벗어던졌다. 나는 콘택트렌즈와 치아 교정기에 인조 속눈썹까지 자꾸만 벗고 또 벗어던졌다. 곤약같이 껍질 벗긴 흰 살점 덩어리, 이마저도 체증이 일어 나는 펄펄 끓는 기름 솥단지 안으로 다이빙해 들어갔다. 백 살 노파의 미주알처럼 겹겹의 허물이 벗겨졌다 입혀지고 까졌다가 딱지 앉더니 유면 위로 샛노란 튀김옷의 그녀가 솟구쳐오르는 것이었다. 그녀가 딸깍, 층층 서랍으로 계단이 난 제 문을 따고 들어가자 화살표처럼 질주해나가는 앙상한 들개들이 있었다. 그녀가 출렁, 젖꼭지를 새순 삼아 양팔 벌린 젖나무가 되었을 때 가지마다 치렁치렁 늘어진 포대처럼 젖을 빨아대는 투실투실한 들개들이 있었다. 그리하여 어느 날 아침 손이 없는 고등어 부인이 날개 같은 지느러미로 비질을 끝냈을 때 쓰레받기 위에는 꼬부라진 말린 고추들이 수북하였다.

두꺼비 왕자는 냄새나서 슬퍼

어느 밤 베개가 진동으로 울어 그 밑을 들춰보니
글쎄 두꺼비 한 마리 넙치처럼 짜부라져 있지 뭐예요
두껍아, 두껍아, 난 있잖아, 지지리 궁상은 딱 질색이야
내가 휴우 똥구멍에 입을 대고 바람을 불어넣자
두꺼비는 울퉁불퉁한 양말처럼 부풀었지요 마치
행군 3일 동안 벗지 못한 군화 속의 발처럼 고린내를 풍기면서요

두꺼비는 책 읽는 두꺼비 나라의 두꺼비 왕자
다음 페이지가 자정 넘어 삼경인데 난 몇시에서 건너온 걸까
그는 끈끈한 제 침으로 백지장처럼 창백히 입 벌렸던
전사 통지서를 마저 풀칠했어요 열아홉 삼촌은 죽고
베개 홑청을 마스크로 파스 붙인 나는 길고 긴 입맞춤으로
두꺼비 왕자의 감추었던 물갈퀴를 찾아낼 수 있었지요,

날　　　　　　　　　　　　　　　　　　　　개
그것은 수십 장의 광목천을 겹겹이 덧댄 포대기이자 배냇기저귀
태어나는 그 순간까지 질기게 벗지 않았던 희디흰 내 고무신
때론 벗으려 했으나 도무지 벗겨지질 않고 다만 금이 갈 뿐이던

희디흰 페인트의 내 비키니 자국

알고 있었나요?

촛대에 꽂힌 작은 촛불의 아슬아슬한 맥박을 따라
배배 꼬인 태의 반 딱 접은 지점에서 나는
죽은 삼촌의 총부리를 틀어쥘 수 있었는데요
잡고 보니
반 딱 갈린 신경으로 해부된 두꺼비의 뒷다리였는데요
그러고 보니
한여름의 매미처럼 누린내 나게 울 줄만 아는 내 전기
면도기는
입때껏 왜 방전되지 않았나 몰라요

저기 우리집양념통닭 아저씨 지나가신다

1

오늘로 실종 사흘째

나는 안 돌아오는데 아저씨네 전화벨은 불티나게 팔리네요
나는 나만 기다리고 있는데 누군가 내 심장을
끓고 있는 기름 솥단지 안에 떨구네요 아마도 그건
천사 아줌마의 실수였을 거예요 아줌마는 신장병 환자
야구 글러브만하게 부은 손으로 젓가락질하다보면
콩알 하나 흘리는 것쯤 예삿일일 테니까요 그나저나
아저씨, 바삭바삭 튀겨진 내 심장 바싹바싹 타고 있는데
피 질질 새고 있는 배불뚝이 포대는 왜 자꾸
냉동고 속에다 옮기시는 건가요?

2

자정 넘어 우리집양념통닭 아저씨 배달 가시네요
따르릉따르릉 비켜나가는 자전거 뒤로
줄줄이 햄처럼 꼬리에 꼬리를 문 닭들이
아저씨 그림자를 무빙워크 삼아 둥둥 떠가고 있네요
나는 주인 찾아 헤매다니는 집 잃은 개처럼
코를 벌름거리며 혹시 그들이 내가 아닌가 하고
닭들의 뒤꽁무니에 따라붙어봤어요
야! 타!
그때 천사 아줌마가 뒤돌아 내게 인사했어요

내가 아줌마의 뭉실뭉실한 허리를 끌어안자
뱝뛰어온 우리집 토순이가 기다란 두 귀로
내 허리에 리본을 매고 있었어요 토순이 뒤로
아직 누군지 모를 투명한 손들이 길고 더 길게
용수철처럼 한달음에 저 끝까지 늘어서는 게 보였어요

3

조심하세요
박수가 마려운 심벌즈가 밤낮없이 손뼉을 찾아다니고 있으니깐요

박치기하면서 빛나는 문어

고작 한 방울의 바다, 눈물 속에서 종이 울었지. 깨물린 미더덕처럼 터진 입술의 혹 대체 몇 개나 키운 거니 종아, 세어보다 새하얘진 지문의 내가 고작 한 방울의 바다, 눈물 속에서 종처럼 울고 있었지.

이제 그만 뚝! 하고 그깟 해골 따윈 넘기지그래

눈을 떴는데 청정횟집 수조 속에서 문어들이 그 억센 다리를 새끼줄로 내 목을 칭칭 휘감고 있었지. 우리의 냉동고는 텅 비었고 회칼 쥔 우리의 주방장은 발이 모두 열한 개, 호루라기 부는 우리의 주둥이는 안으로 못박힌 지 이미 오래걸랑. 나는 끊임없이 딸려갔지만 끊임없이 밀려났지. 밀면 밀수록 까슬까슬 숟 붓는 머리칼이 주책없이 돋아나 싹 튼 양파가 되고 말았거든. 여—기—공—날—아—가—유. 나는 할 수 없이 던져졌지만 할 수 없이 되받아쳐졌지. 국자가 퍼올리는 문어전골 속에서도 말똥말똥 나는 차가운 눈알을 휘굴리고 있었거든. 어럽쇼? 이건 또 뭐야 나는 어쩔 수 없이 버려졌지만 어쩔 수 없이 건져졌지. 어둠 속에서 어거지로 빛을 내던 내 누런 이를 어머금닌가, 들고 튄 저 가난한 문어대가리 때문에

이제 그만 뚝! 하고 그깟 해골 따윈 넘기려 그랬는데

고작 한 방울의 바다, 눈물 속에서 나는 여직 종처럼

울고 있지. 글쎄, 나는 아니라니깐요. 철창 안은 온통 민숭민숭한 문어대가리들뿐, 너나없이 우글우글 떠들어대고 있었지. 이 좆만한 새끼들, 아가리 안 닥쳐? 황형사가 사정없이 문어대가리들을 박치기시키자 부서진 석고처럼 흰 가루들이 우수수 쏟아져내리기 시작했지. 흩날리는 가면 속에서 서서히 광대뼈를 드러내는 해골, 해골들은 말이 없고 코털 속에 귀지 속에 비듬 속에 사뿐히 내려앉은 흰 가루들은 어느새 환히 눈먼 아침을 불러왔지. 다급한 듯 삐뚜름히 가발을 뒤집어쓴 채 해장국을 이고 온 여자의 젖통이를 주물럭대는 황형사야, 잊지 말아요 너도 문어대가리야!

눈 내리는 거리에 눈알 파는 소년들이 들끓었다

너를 위해 두 눈알을 뽑는다 속 빈 바구니를 들고 눈 내리는 거리로 나선 눈알 팔이 소년이 오늘부터 너였으니까 눈알 사세요 눈알 사세요 눈알을 팔러 다니는 동안 눈알 팔이 소년은 뻥 뚫린 내 안구 속에 감시용 카메라를 설치해둔다 눈꺼풀이 깜빡일 때마다 찰칵찰칵 나는 필름을 씹어 삼킨다 코드 뽑힌 냉장고 안은 쉴새없이 게워져 나오는 네 사진들로 썩어간다

눈알 팔이 소년의 바구니는 매트리스 깔린 수렁이다 둘 합쳐 마이너스 40디옵터인 내 시력은 불 켠 어둠이기 때문이다 선글라스 낀 손님을 태운 견공들이 킁킁거리며 텀블링해보다 그물째 건져지고 앰뷸런스마다 개눈박이 수술이 한창이다 눈알 팔이 소년은 눈알 파는 소년들이 부럽다 어떻게 하면 잘 팔 수 있을까? 눈알 팔이 소년은 눈알 파는 소년들을 따라 내 두 눈알에다 주삿바늘을 꽂고 홍채를 쭉 빨아들인다 필라멘트 나간 전구처럼 눈먼 내 두 눈알을 눈 속에 파묻고 눈알 팔이 소년은 씻고 또 씻는다

눈알 팔이 소년이 탁구장으로 달려간다 핑 퐁 핑 퐁 탁구대 중앙 네트를 오가는 수많은 눈알이 눈알 팔이 소년을 째려본다 눈알 팔이 소년이 동춘서커스단을 찾아간다 저글링하고 있는 광대들이 알록달록 색소를 입은 눈알을 공중에다 오래오래 매달고 있다 눈알 팔이 소년이 한상

민 베이커리에 가 문을 두드린다 진열장 안에 찐득찐득한 엉덩이로 붙어 앉은 찹쌀떡은 스티로폼을 뭉쳐 만든 모조뿐이었다 팥빙수용 떡으로라도 써주세요 1976. 13. 32. 한상민 아저씨가 눈알에 찍힌 유통 기한을 가리킨다 눈 내리는 거리로 나선 눈알 팔이 소년이 자선냄비 속에 눈먼 내 두 눈알을 모두 버리고 도망친다

수거한 자선냄비 속에서 구세군은 두 개의 눈송이를 발견한다 혀끝으로 살살 핥아보아도 침 한 방울 흘리지 않는 눈송이, 끌어안고 있으면 꽁꽁 더 얼어붙는 눈송이, 어항 속에 던져넣자 두 줄기 빛으로 번져나가는 두 개의 눈송이가 알 밴 금붕어들의 산란을 돕느라 땀을 뻘뻘 흘린다 올해도 어김없이 산타클로스가 된 구세군이 두 개의 눈송이를 자루에 담고 영락고아원을 방문한다 눈을 뜨기가 무섭게 양말 속에 손을 넣은 아이는 두 눈송이를 고무줄로 엮어 요요를 만든다 아이의 손에서 요요는 나날이 자란다 어제는 고아원을 들었다 놓더니 오늘은 지구를 감았다 푼다 눈 내리는 거리로 다시 나선 눈알 팔이 소년이 텅 빈 바구니를 들고 아이의 눈알을 구걸한다 아이의 요요가 눈알 팔이 소년의 뒤통수를 단번에 빼개놓는다 눈알 팔이 소년의 뻥 뚫린 눈두덩에 가 박히는 요요 아이가 천천히 요요를 감아들였을 때 눈알 팔이 소년은 계란말이처럼 아이의 품안으로 말려든다 눈알 팔이 소년이 눈꺼풀을 깜빡거리자 찰칵찰칵 요요 안에 배터리 켠

감시용 카메라가 작동을 시작한다

가재 발 달린 집게벌레의 방문

1
지붕용 사닥다리는 기린 목뼈라, 너는
줄 타고 미끄러지듯 그렇게 내려온다.

제 밥그릇을 뒤집어엎으며 짖어대는 개들을, 너는
손톱만 남은 손으로 비틀어 발등거리처럼 건다.

빨래집게에 집혀 코가 짜부라진 슬리퍼를, 너는
발가락 없는 발로 질질 끌며 방귀를 뀌어댄다.

방방마다 냄새가 들어찬다. 너는
폭신폭신한 솜이 깔려 있는 유리병의 주리를 쥐어틀어
과산화수소를 짜낸다. 유리병 속 과산화수소에는
눈알들을 싸안은 눈동자들이 둥둥 떠다닌다.
딸랑딸랑 딸랑이처럼 유리병을 흔들어, 너는
이쑤시개같이 가느다란 지겟다리로 턱 받친 이들의
병든 선잠을 깨우고 다닌다.

2

다락 위에 할머니와 내가 잠들어 있었다. 나눠 먹은 수면제의 양이 적당하였고 쇠사슬로 겹겹이 겹쳐 묶은 다락문은 견고했다. 그러나 깡깡 문 치는 소리 끼끼 문 찍어대는 소리…… 거기 누구예요?…… 저 집게벌레예요. 저 좀 들여보내주세요. 나는 다락문 한가운데에 공기알만한 구멍을 뚫었다. 구멍 밖으로 빤지르르한 먹물빛 벌레가 가재 발만한 집게 글러브를 낀 채 제자리뛰기를 하고 있었다. 끈끈이주걱같이 입 끈끈한 냄새가 몰려오고 있어요. 딸랑딸랑 소리 안 들려요? 제발, 제발…… 나는 내 눈알로 뚫린 구멍을 틀어막았다. 미안하지만 우리는 자야 해요. 플리즈…… 플리즈…… 가재 발 달린 집게벌레가 가재발을 싹싹 갈아대며 더럭더럭 울기 시작했다. 얘야, 남을 그렇게 울려서 되간. 어느새 잠에서 깬 할머니가 수의를 입고 고깔을 쓴 채 흰 고무신을 닦고 있었다. 할머니, 할머니 어디 가. 호호 웃으며 할머니는 작은 티스푼만큼 작아지는 중이었다. 아가 문 열어라, 배고파서 할미 이제 집에 갈란다.

3

다락문을 열자 가재 발 달린 집게벌레가 딸랑딸랑 딸랑이 소리가 나는 유리병을 흔들고 있었다. 나는 가재 발 달린 집게벌레의 꽁무니에 불붙은 성냥을 힘껏, 더 힘껏 들이밀었다. 넌 거짓말쟁이야! 꼬리에 화약을 단 장난감 로켓처럼 가재 발 달린 집게벌레가 사방팔방 벽 모서리를 맞고 팅요 팅요 튕겨다녔다. 아가 그럼 못써, 할미 찾아온 손님인걸. 호호 웃으며 작은 티스푼 할머니가 유리병 속으로 퐁당 뛰어들었다. 할머니 내가 젖 줄게 가지 마, 응? 과산화수소로 어푸어푸 세수를 하고 옷고름을 풀어 몸 구석구석 때를 불린 작은 티스푼 할머니는 쪽찐 머리까지 풀어 찰찰 헹구었다. 그러고 나니 고춧가루가 뒤범벅인 작은 티스푼 할머니의 틀니가 뒤집어진 빨간 보트처럼 발딱 떠오르는 것이었다. 틀니 위에 옮겨 탄 작은 티스푼 할머니는 한 손으로는 노를 젓고 또 한 손으로는 눈알을 뽑아 유리병 벽에 갖다붙였다. 검은 빨판 같은 작은 티스푼 할머니의 눈알이 내게 찡긋 하고 윙크를 해 보였다. 병에 담긴 과산화수소 면 위로 눈동자를 싸안은 작은 티스푼 할머니의 눈알이 다른 눈알들과 섞여 둥둥 떠다니기 시작했다. 호호 웃으며 나는 가재 발 달린 집게벌레가 유리병을 안고 사라질 때까지 바이 바이 팔 빠지게 손을 흔들어주었다. 밤이 지나 새벽이 올 때까지, 밤이 지나 또다시 가재 발 달린 집게벌레가 딸랑딸랑 딸랑이 소리로 다락문을 두드릴 때까지.

젖소 아줌마가 작아지는 비밀

까만 점박이무늬 코트를 머리끝부터 발끝까지 뒤집어 쓴 채 아줌마, 느릿느릿 버스 안으로 기어오르고 있었어요. 아무도 모를 거예요. 아줌마가 늘 아프다는 걸. 매일매일 멍든 부위만 골라 맞느라 까만 점박이무늬가 하루하루 큼지막해져가고 있다는 걸. 혹시 아줌마가 원래 북극곰이었던 건 아닐까요.

버스 안이 너무 더워요 아저씨, 제발 히터 좀 꺼주세요 네? 그랬지만, 운전사 아저씨는 신경질을 부리며 라디오 볼륨을 줄일 뿐이었어요. 삐질삐질 진땀을 쏟고 있는 아줌마의 까만 점박이무늬 코트 아래로 흰 연고 같은 젖이 줄줄 흘러내리고 있었어요. 아줌마가 코트 깃을 굳세게 여며보지만 순식간에 뒷좌석까지 퍼져나가는 고소한 입김을 도로 불러다 껴안을 수는 없었어요.

아빠들은 눈빛을 교환하며 쉽게 공모자로 합쳐졌어요. 얼마나 마음이 잘 맞는지 약속 없이도 지우개로 쓱싹쓱싹 서로의 눈동자 속에서 서로의 얼굴을 지울 줄 알았어요. 젖소 따위가 무슨 구두를 신는다고, 아빠들은 아줌마의 손과 발을 부러뜨려다가 창밖으로 냅다 던져버렸어요. 울면서 울면서 아줌마는 십자버티기 자세로 링에 묶인 채 오래오래 매달려 갔어요.

아빠들이 아줌마의 까만 점박이무늬 코트를 훌렁훌렁

벗겼어요. 아줌마의 가슴팍에 조롱조롱 매달려 있는 젖병들이 통통 부은 젖꼭지로 눈물 같은 젖을 흘리고 있었어요. 아침 안 먹고 오길 잘했지 뭐야. 아빠들은 제각각 젖병을 입에 물고 쭉쭉 빨았어요. 그러자 아줌마의 실루엣이 우그러지고 찌그러지더니 에취에취 후춧가루처럼 폴폴 날지 뭐예요. 아빠들은 뱀의 허물처럼 그대로 주저앉아버린 까만 점박이무늬 코트를 인천 앞바다에 출렁 띄워보냈어요.

바다 위로 쏟아져내리는 재치기, 재채기로 고인 실루엣을 따라 까만 점박이무늬 코트가 되살아나고 있는 걸 아빠들은 보았을까요. 파도의 쓰레질을 따라 다시 머리끝부터 발끝까지 까만 점박이무늬 코트를 뒤집어쓴 아줌마가 이번에는 텅 빈 젖병 속에 꿀꺽꿀꺽 바닷물을 통째로 채워나갔어요. 108미터 월미산 봉우리가 아줌마의 젖병마다 푸른 젖꼭지로 뾰족하게 솟아오르고 있었어요.

집에 돌아온 아빠들이 새근새근 잠든 아기들을 보러 요람으로 달려갔어요. 요람 위에는 하얀 털옷을 입고 푸른 젖병을 입에 문 아줌마가 잠들어 있었어요. 아줌마가 까꿍, 하며 빨던 젖병을 내밀자 아빠들은 뒷걸음쳐 도망치느라 바빴어요. 아무래도 아빠들은 도리도리밖에 배운 게 없나봐요.

김종민 아저씨

아저씨, 아빠 친구 종민이 아저씨, 돌아가신 아저씨가 여긴 어쩐 일이세요? 1호선 주안행 열차를 타고 보니 아저씨가 내 앞에 앉아 있었어요 쌍둥이도 아닌데 아저씨는 한 사람이 아니었어요 아저씨가 앉아 있는 자리에 앉아 가는 사람들이 순식간에 아저씨로 몸 갈아입고 있었거든요 아저씨가 잡고 있는 손잡이를 잡고 가는 사람들도 순식간에 아저씨로 성우를 교체했나봐요 내가 도 하면 도 하는 마이크처럼 아저씨가 너 하면 나 하는 아저씨들로 구성된 합창단이 꼭 종민 아저씨 목소리로만 불협화음을 맞추고 있었거든요 나는 버릇대로 아무데서나 방귀 뀌고 있던 종민 아저씨를 살짝 꼬집어봤어요 아저씨도 날 따라 꼬집었을 때 벌떼처럼 윙윙거리며 열차의 첫 칸부터 끝 칸까지 맘껏 쏘다니는 손가락들이 꼬집히는 대로 종민 아저씨의 얼굴을 빚어대느라 바빴어요 신문을 집었다가 신문 속 사람을 찾습니다 난에 증명사진으로 찰칵 찍히는 것도 아저씨, 꽃다발을 안았다가 꽃다발 속 풍성한 안개꽃 봉오리마다 얼굴을 피워올리는 것도 아저씨, 엉덩이를 쓰다듬다 아저씨에게 따귀를 얻어맞는 것도 아저씨, 백 원만 줘 백 원만 줘 아저씨에게 손바닥을 냠냠 벌리고 다니다가 백 원이 되는 것도 아저씨, 예수 믿어 믿어야 천당 가 외치다 아저씨에게 씹새끼 소리 듣는 것도 아저씨, 상자 가득 고무 인형 만득이를 팔다 만득이 대신 만 가지 표정으로 팔리는 것도 아저씨, 아저씨, 아저씨…… 후, 하, 후, 하, 휴, 종민 아저씨, 대체 아저씨는 왜 자꾸 늘고 있는 거지요? 아마도 이 열차는 아저씨를 넣고 돌린 팝콘 기계인가봐요 열차 가득 아저씨를 팡팡 터뜨리고 있잖아요 혹시 누가 아저씨 사진만 오려다가 모자이크하는 건 아닐까요? 당장이라도 아줌마가 가위를 들고 나타날 것만 같은데 열차 안은 종민 아저씨들만 내렸다 종민 아저씨들만 올라타 내내 종민 아저씨들로 붐볐어요 주안역에 도착하여 계단을 내려가는 모든 뒤통수들은 종민 아저씨처럼 2대 8 가르마로 선이 그어져 있었어요 아저씨, 종민 아저씨, 이제 어디로 가시는 거예요? 그 순간 개찰구 앞에 줄 선 모든 종민 아저씨들이 일제히 고개를 돌려 나를 보았어요 거울을 꺼내 들었을 때 어라, 종민 아저씨는 거기 내 손거울 안에도 들어앉아 계셨네요

용용 죽겠지

1
엄마가 차려주신 맛있는 밥상
나는 튀긴 갈치를 좋아해
나는 껍질 싹 벗긴 갈치의 흰 살결에만 꼭 침 발라

어라? 근데 저기 저 암고양이
내 갈치 한 토막 덥석 채가고 있잖아

2
엄마가 물어다 주신 얄미운 암고양이
우리 민정이 갈치 어따 감췄니?
가치…… 야옹……
이게 어따 대고 말장난이야?
가치…… 어따…… 야옹…… 야옹……
혀 짧은 게 무슨 자랑이야?

수술용 도마 위에다
콱, 콱, 콱, 콱,
엄마가 네 개의 포크로
암고양이의 네발을 찍어버렸어
발버둥칠수록 땡땡 더 부푸는
암고양이의 뱃가죽 위에서
엄마가 슬근슬근 톱질을 했어

3

안 열어도 벌어지는 고장난 지퍼 속으로 두 점 헤드라이트 불빛이 굴을 캐 들어갔어 온통 뽀얗고 말랑말랑한 두부 속 같아 세상에, 누가 강물 대신 저 많은 겔포스를 풀어놨을까

강 너머로부터 피똥에 전 광목천이 떠밀려오고 있어 척척 건져다 착착 빨아대는 빨간 고무장갑들 해진 손끝 후후 불어가며 우윳빛 살결 탈탈 털어 말리고 있어 흰 살과 살을 접붙이는 바람, 그 바람의 바늘쌈을 삼키고서야 어둠이 잠 깨자 갈비뼈 같은 열두 쌍의 바지랑대 위로 달빛이 연유를 흘리고 있어 출렁출렁하게 굴곡져 내리는 흰 실루엣을 따라 밑그림을 그려보니 거기 신음하고 있는 커다란 백곰 한 마리 웅크려 있어 너무 울어 얼굴이 지워져버린 백곰이 투실투실한 제 허벅지를 비눗갑같이 네모난 요람으로 썰어내고 있어 차곡차곡 쌓여가는 요람 요람 요람 마지막 한 개의 요람 속에서 날 때부터 미끌미끌 비눗물 같은 눈물을 흘리느라 점점 지워져가는 비누 속같이 창백한 새끼 백곰의 얼굴 하나가 삐죽이……

4

엄마가 찾아다 주신 맛있는 갈치
살살 갈치의 살만 발라 엄마가
내 밥숟갈 위에 얹어주고 있어

옴마야! 근데 이상해 엄마,
갈치를 먹었는데 내 입속에서 비눗방울이 퐁퐁 솟고 있잖아

너 는 내 가
아 직 도 니 엄 마 로 보 이 니 ?

5
에이프런 두른 암고양이가
큰 '옷' 자로 뻗어버린 엄마를 깔고 앉아
톱날에 묻은 피를 고 짧은 혀로 핥고 있어

암고양이가 차려주신 맛있는 밥상
나는 젖은 빨랫비누를 좋아해
나는 헹구다 만 젖은 빨랫비누의 흰 거품에만 꾹 혀 축여

너 는 내 가
아 직 도 엄 마 딸 로 밖 에 안 보 이 니 ?

댁의 엄마는 안녕하십니까?

1

엄마는 매일 더러워서 유한락스로 욕조 채우기 놀이를 무지 좋아했어요 변기 위에 웅크려 앉았다가 퐁당 하고 욕조 안으로 뛰어들어 사포로 몸 비비기 놀이도 퍽 즐겼는데요, 이빨 쑤시듯 식칼로 배꼽 후비길 하도 재밌어 하길래 머잖아 살 찌르기 놀이나 살 썰기 놀이로 날 살깍두기 담그게 하겠구나 하고 생각한 적은 있었어요 그치만 나는 아녜요 나는 엄마가 사랑하는 토끼를 내가 사랑하는 엄마를 위해 사다 준 죄밖에는 없거든요 범인을 잡으려면 내게 심부름 시킨 아빠부터 심문해봐야 할걸요?

2

아내는 매일 아파서 작정하면 안 아픈 부위가 하나도 없었습니다 건강 서적을 잔뜩 사들여서는 뭐 걸릴 만한 병이 없을까 스크랩을 해두는 게 취미였으니까요 병명이 하나씩 첨가될 때마다 수십 알씩 늘어나는 알약을 먹고도 아내는 통 잠을 이루지 못했습니다 밤마다 쫙 다 편 열 손가락으로 살짝살짝씩 아내의 목을 졸랐던 건 혹시나 목구멍에 걸려 있을지 모를 알약을 말끔히 넘겨주기 위함이었지요 나는 절대로 아닙니다 나는 사랑하는 아내가 사랑하는 토끼를 위해 뒷산에 나가 수십 포대씩 엉겅퀴를 뜯어온 죄밖에는 없다구요 범인을 잡으려면 아내의 식사 당번이었던 처제부터 취조하는 게 순서 아닌가요?

3

언니는 매일 배고파서 아예 아무것도 안 먹으려 했어요 죽을 끓여 가면 그릇째 다 엎어버리고 깨드득깨드득 뻥튀기 같은 빈 접시만 깨물어대거나 교자상을 침대 삼아 잠들어버리기 일쑤였지요 내가 언니의 죽그릇에다 비소를 타곤 한 건 어차피 언니가 쏟아버릴 걸 알고 있었기 때문이에요 살림하는 여자의 입장에서라면 아무리 비소라도 봉지째 내버리기는 아까운 법이잖아요 결단코 나는 아니에요 나는 사랑하는 언니가 사랑하는 토끼를 살찌우기 위해서 밥반찬을 해 먹인 죄밖에는 없다니까요 범인을 잡으려면 바로 저 배불뚝이 토끼부터 족쳐봐야 하지 않을까요?

4

토끼의 배를 내리가르자 뒤엉킨 VTR용 필름이 모락모락 김을 뿜는 내장처럼 왈칵 쏟아져나왔다 김형사가 복원시킨 테이프를 플레이시켰을 때부터 질러대기 시작한 한 여자의 비명이 방방마다 사이렌처럼 울려퍼지고 있었다 토끼가 나타났다! 걸어 잠근 방문 저 너머로 헤드폰을 낀 아이가 유유히 춤을 추고 있었다 토끼, 토끼가 나타났다니까! 빗장을 질러버린 방문 저 너머로 발가벗은 남녀가 서로의 귀를 깨물며 꽉 다문 입술처럼 포개져 있었다 토끼 한 마리가 두꺼비집을 갉아치우자 어둠 속에서 토끼 두 마리가 전화선을 질겅질겅 씹어댔다 뚜—

뚜—뚜— 여보세요, 토끼가 우리집을—뚜—뚜—뚜 토끼 세 마리였는데 수십 수백 수천 마리의 토끼가 지붕에 천장에 벽면에 창문에 마룻바닥에 대문에 구름처럼 새하얗게 끼얹어진 채 스극스극 앞니를 갈아대고 있었다 한 여자가 쉴새없이 갉작대는 이빨 자국을 따라 밑줄을 그어나갈 때 우수수 바스라져내리는 흙먼지를 뒤집어쓴 아이가 헤드폰을 낀 채 러닝머신 위에서 뜀뛰기를 하고 있었다 한 여자가 쉴새없이 그어져나가는 밑줄에 화이트를 칠해나갈 때 펑펑 뭉쳐져 내리는 눈을 뒤집어쓴 발가벗은 남녀가 개털 귀마개를 낀 채 눈밭에서 뒹굴고 있었다 송곳같이 뾰족뾰족하게 날 간 앞니를 부닥쳐가며 방방마다 몰려든 토끼들이 방방마다 문짝을 타넘어가려 할 때 온몸을 엉겅퀴로 풀칠해버린 한 여자가 토끼네 마을로 저벅저벅 걸어들어가고 있었다

5

한 여자의 비명이 한 여자의 침묵으로 뒤바뀌는 순간이었다

들개 브라보 들깨

끓는다, 들끓는다, 컹컹 들개 소리, 0시 1초 전 시계불알은 혀 빠지고 아령 든 사람들의 알통마다 팥빙수용 빨대같이 길쭉한 어금니 필 꽂힐 때, *끓는다, 들끓는다, 컹컹 들개 소리*, 밤의 누런 시트 위에서 머리 똑 딴 콩나물로 꼬리 똑 잘린 정자들 일일이 일으켜세우는 핀셋 하나 경련 나는 손가락으로 부르르 떨 때 *끓는다, 들끓는다, 컹컹 들개 소리*, 스프링영양처럼 튀어오르는 3미터 사다리의 휘어진 활이여, 고무공처럼 착지하는 형상기억합금메모리와이어의 빛나는 합이여, 그러나 곤죽의 잡탕밥 들개여 너는 여전히 외지 못한 채로구나 주발과 복지깨처럼 쨍 하고 입 꽝꽝 봉해지던 망치질의 횟수를, 하여 저리 컹컹 나보다 더 나를 잘 안다는 입심으로 허연 입김의 줄자를 풀었다 감았다 내 맥박의 치수를 재고 있으니 나는

끓는다, 들끓는다, 컹컹 들개 소리, 어머 나야 나, 성에 낀 창문에 혀를 대고 살살 핥았지만 들개다! 외치며 창밖으로 숯덩이를 집어던지는 여인 뒤로 담비 담요를 걸친 발가벗은 애인의 볼기짝에 들러붙은 퍼머넌트웨이브의 머리칼은 내 것이 아니야 아니었으므로 *끓는다, 들끓는다, 컹컹 들개 소리*, 동요 삼아 인형 눈동자에 압정 박기 놀이를 즐겨 하는 아이들에게 같이 놀자 꼬리를 흔들었지만 들개다! 외치며 개꼬리에 딱딱 호치키스를 박아대는 아이들 뒤로 올빼미에게 돌려줘야 해 두 눈알을 씻느라 흘러내리는 주름을 머리띠로 조인 저 해골은 내 아기

가 아니야 아니었으므로 *끓는다, 들끓는다, 컹컹 들개 소리*, 엄마 엄마야 중환자실 앞에서 원통하다 곡했지만 들개다! 외치며 워리워리 마대 자루를 벌려대는 의사들 뒤로 엉킨 쇠사슬을 푸는 원진철물 박씨의 발정난 아들은 내가 아니야 아니었으므로 나는

끓는다, 들끓는다, 컹컹 들개 소리, 걸레 빠는 양동이 속 찰랑대는 물이 버너 위에서 팔팔 삶아지는 동안 나는 아니야 아니었으므로 펄펄 뛰어보지만 개 소리는 개소리일 뿐 사방팔방 물똥이 튀고 타종하듯 문패 건 대못을 머리 탕탕 두드려 박는 망치질의 횟수를 들개는 지금에서야 빼개진 두개골 파편에다 저장하는 중이다 부글부글 *끓는다, 들끓는다, 잠잠 들개 소리*, 그 너머로 나는 아니랬잖아 앙다문 잇사이에 꼭 쥔 주먹처럼 성글게 끼어 있던 까만 들깨 한 알, 그래 그 점 하나 마침표.

날으는 고슴도치 아가씨

1

자물쇠 단단한 철창 안에서만 잠들 줄 아는 날 내다 팔기 위해 오늘도 아빠는 포수로 그림자를 갈아입는다 나는 도망치지만 발빠르게 헛돌아가는 외발자전거는 땅속 깊이 층층 계단으로 쌓아내린 뼈 마디마디를 뭉그러뜨리며 또다른 사각의 메인 스타디움 안에 발 빠진다 끝도 없이 페달을 감아대는 레이스 끝에 홈스트레치에 접어들자 관중석마다 빽빽이 들어차 있던 나들이 일제히 일어나 박수로 내 나침반을 겨냥한다 어서어서 속력을 더 내렴 너만 도착하면 완성된 퍼즐 속에서 우리 되살아날 수 있을 거야 숟가락 들어 한입 떠낸 아이스크림같이 희게 휜 등뼈로 사격용 표적 하나 전광판에 부조되어 있다 포물선을 타 넘어가는 장외 홈런볼에 올라탄 내가 엿같이 찰싹 하고 내 실루엣 위에 달라붙는 순간 탕! 소리와 함께 아빠의 눈알이 10점 만점의 놀라운 사격 솜씨를 자랑하며 과녁 정중앙을 훕뜨고 들어온다 아빠가 마스카라 칠해 달군 속눈썹을 깜빡거릴 때마다 내 몸에서 바수어져 내리는 퍼즐 조각들이 까만 섬유소의 꼬임 안으로 쏟뜨려진다 그러나 낄낄거리며 인조 속눈썹을 떼어내는 아빠 그걸 방비 삼아 내 키만한 007가방 안에 나들을 싹싹 쓸어 담고는 자물쇠를 채워버린다

2

아빠가 도끼로 007가방을 내리찍는다 아야, 아야, 비

명을 내지르면서도 저들끼리 자꾸만 부둥켜안으려는 퍼즐 조각들을 아빠는 시침 가위로 잘게 더 잘게 오려댄다 고춧가루처럼 매콤한 근육 가루들이 아빠의 베개 옆에 잠들어 있던 발가벗은 마네킹의 몸 위로 솔솔 뿌려진다 코끝을 간질이는 제 피맛에 재채기를 안으로 삼키느라 마네킹의 젖통이와 엉덩이가 부풀고 있는 풍선처럼 뚱글뚱글해진다 고장난 수도꼭지에서 새어나오는 끈적끈적한 물풀로 손 버무린 아빠가 허겁지겁 마네킹의 몸에 퍼즐 조각들을 갖다붙인다 잠깐만요 아빠 설사를 참을 때처럼 뜨거워지는 입이 내 목젖을 쥐락펴락하고 있어요 눈을 뜨니까 난소 뚜껑이 벌어지고 코를 푸니까 피범벅인 태반이 뭉클 쏟아져나오는걸요 살 썩고 난 부엉이 같은 내 얼굴에서 솟고라지고 있는 이 털들 좀 보세요 대체 이게 뭔일이래요?

3

지하에 계신 음부(淫父)와 음모(淫母)가 침봉으로 내 얼굴에 난 털을 벗긴다 나는야 털북숭이 라푼젤, 짜다 푼 목도리의 털실같이 꼬불꼬불한 털을 발끝까지 내려뜨린 채 울고 있다 울음을 짜보지만 눈물은 흐르자마자 냄새나게 덩어리지는 냉(冷)일 뿐 에이 더러운 년 킁킁거리며 내 얼굴을 냄새 맡던 음부가 빨간 포대기같이 늘어진 혀로 내 털 한 가닥 한 가닥을 싸매 핥는다 죠스바를 빨던 입처럼 음부의 혀끝에서 검은 색소가 뚝뚝 떨어진다 이제부터 이게 네 머리칼이야, 알았어? 음모가 스트레이트용 파마 약을 이제부터 내 머리칼인 털 한 가닥 한 가닥에 찍어 바르더니 참빗으로 쭉쭉 펴내린다 물미역같이 흘보들해진 머리칼을 부르카처럼 드리운 채 나는 음부와 음모의 손을 잡고 시장으로 끌려간다

4

장터에 도착하자마자 껍질 벗겨 통째로 삶은 계란처럼 맨송맨송한 머리통들이 내 주위에 알알이 둘러선다 수많은 볼링핀이 저 먼저 머리 쪼매고 싶어 그 굵은 허벅지로 서로가 서로에게 허벅지 후리기를 해대더니 눕자마자 발딱발딱 잘도 일어난다 십자가에 날 뚜드려 박는 아빠의 망치질이 다급해지고 엄마가 떨어뜨린 대못이 구경 나온 아이들의 발등을 찍는다 꼬아내린 검은 밧줄을 타 오르고 싶어 질금질금 오줌 지리고 있는 오뚝이들에게 이런 젠장, 염병할 놈의 요강 같은 평화 있으라!

5

아빠가 나눠준 족집게로 오뚝이들 차례차례 내 머리칼을 뽑아댄다 나이스 풀러, 예 좋아요, 좋아 그치만 한 번에 딱 한 가닥씩요 머리칼이 뽑혀나가 입 벌어진 모공 속에다 엄마는 색색의 셀로판지로 깃대 단 이쑤시개를 꽂아넣는다 쑥쑥 잘 크거라 내 나무야 엄마가 물 조리개로 물을 뿌려주자 나는 화살이었다가 우산이었다가 낚싯대

였다가 장대높이뛰기용 장대로 키 자라는 한 마리의 거대한 고슴도치가 되어 뿌쭉뿌쭉한 털들을 비벼대기 시작한다 울울창창한 가시 숲에서 색색의 단풍이 물들어 나리자 여기저기 날아든 담뱃불로 지져진 내가 폭죽처럼 하늘을 향해 쏘여진다 색색의 꽃방석을 뒤집어쓴 채 날으는 고슴도치 한 마리 사방팔방 불붙은 가시를 발사한다 땀구멍마다 날아든 가시로 아빠는 밤송이가 되어가고 밤송이 브래지어와 밤송이 팬티를 주워 입은 엄마는 간지러움을 참다못해 숨이 꼴깍 넘어간다 밀고 난 겨드랑이 털의 흔적처럼 까슬까슬한 오뚝이들의 정수리 위로 시뻘겋게 달궈진 철골 한 줄 선 굵게 내리꽂힌다 얼굴에 금이 간 핫도그들 서둘러 몸에 박힌 프랑크 소시지를 먹어치우려 하지만 끝끝내 가시지 않을 탄내를 살집은 언제까지나 기억하고 있다

이상한 나라의 도서관 견학

그래서 나는 무덤 속에서 출발한다

정오의 달 쨍쨍한 25시가 되자 괘종시계의 시침은 오른쪽으로 분침은 왼쪽으로 똑딱거리더니 교차로에서 만난 시계불알을 꼬집었어요. 그 순간 일십백천만십만백만천만억조경해 파운드짜리 샛노란 볼링공이 유리 파편처럼 뾰족뾰족한 살을 곤두세운 압핀들의 등뼈 위로 뚝 하고 떨어졌는데요, 부서져 떠다니던 뼛조각들이 볼록한 엉덩이를 달군 솥 안에서 팡팡 튀겨져 일십백천만십만백만천만억조경해 개의 쌧노란 팝콘으로 하늘에 가 박히기 시작했는데요, 한입 가득 팝콘을 녹여 먹느라 그물 같은 혀를 땅속 깊이 늘어뜨린 하늘에서 흘러내리는 침이 관속에 사는 잠 속의 꿈속의 배고픈 내 눈물샘을 껍적껍적 채웠는데요, 그때 엄마가 내게 바통을 넘겨주며 말했어요, 아가, 그걸 마시면 안 보이던 것도 볼 수 있게 되거나 어쩜 잘 보이던 것도 못 볼 수가 있단다.

오렌지 나라의 얼굴을 잃어버린 오렌지들

열쇠 없이도 나는 스물여덟 겹의 정조대를 풀고 관 밖으로 뛰쳐나갈 수 있었어요. 속엣 과립을 싹싹 긁어낸 항아리만한 오렌지가 머리 뚜껑을 반 가른 채 기다렸다가 날 채워주었거든요. 엔진 꺼진 오렌지 안에서 나는 이리 뒹굴 저리 뒹굴 도서관으로 가자 했어요. 아무것도 안 빌렸는데 내가 장기 연체 명단에 올라 있다나요. 참, 깜빡 잊고 바코드를 안 붙이고 왔네요. 잠깐, 잠깐만요. 나는 송곳니로 오렌지 껍질을 갉아 둥글넓적한 동전 몇 개를 빚었어요. 가까운 공중전화 부스에 내렸지만 수화기가 잘려나가고 없었어요. 더 가까운 공중전화 부스에 내렸지만 잘려나간 수화기 대신 눈도 못 뜬 새끼 고양이가 새끼손가락만한 꼬리로 내롱대롱 매달려 있었어요. 더, 더, 가까운 공중전화 부스에 내렸지만 이빨 빠진 투입구가 동전을 씹을 줄 몰라 대신 피를 쏟아넣어야 했어요. 나는 정오의 달 쨍쨍한 25시에는 늘 생리중이기 때문에 피가 모자랐어요. 엄마, 내 번호를 불러줘야지…… 돌아와보니 오렌지가 도로에 떨어져 있던 도서 대출 카드를 줍고 있었어요. 온몸의 모공이 뚫어지도록 쭈크러진 오렌지가 주홍빛 땀방울로 도서 대출 카드를 씻기고 있었어요. 증명사진 속 그녀는 내가 아닌데 나는 자꾸만 내 얼굴을 잃어버리고 있었어요. 어디 가니 어디 가니. 나는 잃어버린 내 얼굴을 좇아 한걸음에 도서관에 도착해버리고 말았어요. 사서가 망치만한 핸드 스캐너를 이고 나와 줄 선 사람들의 볼따구니를 차례차례 찍어대고 있었어요. 나는 잃어버린 내 얼굴이 저만치 앞선 사람의 얼굴에 겹쳐 판독되는 걸 보았어요. 그건 내가 아냐 외쳤지만 판독기에 찍힌 내 얼굴은 내가 아니라서 연체료를 물고 있었어요. 나는 잃어버린 내 얼굴을 감추기 위해 항아리만한 오렌지를 덮어쓰기로 했어요. 사서가 새로 찾은 우툴두툴한 내 얼굴을 꽉 잡고는 핸드 스캐너를 갖다댔어요. 나는 01425100018001 남아공산 오렌지, 지금 막 도서관 현관을 통과했어요.

잠 속의 꿈속의 너무 깜깜한 자료실

잠 속의 꿈인데 잠 깬 사람들은 눈뜰 줄 모른다. 꿈속의 잠은 계속되고 눈 감은 채 잠 깬 사람들은 사서가 곳곳에 숨겨놓은 글자들을 탈탈 털어 몽땅 읽어버린다. 잠 속의 꿈속의 잠 깬 사람들의 꼭 감긴 눈은 한번 읽어버린 글자들을 다신 못 읽고 다신 못 읽힐 글자들은 충혈된 점자로 꽁꽁 얼어붙는다. 꿈속의 잠인데 잠 깬 사람들은 눈뜰 줄 모른다. 잠 속의 꿈은 계속되고 눈 감은 채 잠 깬 사람들은 사서가 곳곳에 펼쳐놓은 글자들을 탈탈 모아 몽땅 적셔버린다. 꿈속의 잠 속의 잠 깬 사람들의 꼭 감긴 눈은 한번 적셔버린 글자들을 다신 못 말리고 다신 못 말릴 글자들은 고름 낀 비듬으로 커피가 담긴 종이컵 위에 둥둥 뜬다. 백지로 엮인 책들이 빼곡한 참고실 안에서 눈 감은 채 잠 깬 사람들이 선글라스를 꺼내 쓰고는 백지로 엮인 책장을 쉴새없이 넘겨대고 있다.

열람실 칸막이마다 돋보기가 끼워져 있었다

여보세요나여보세요나여보세요나여보세요나여보세요나여보세요나여보세요나여보이런썅어떤년이장난질이야

열람실 칸막이마다 잘려나간 수화기가 사방팔방 눈뜬 채 잠든 여자들의 질 안에서 부풀어오르고 있었다.

야옹야옹야옹야옹야옹야옹야옹야옹야옹야옹야옹야

옹야옹야옹야옹야옹야옹야옹야옹야옹야옹야옹야옹야옹야옹
열람실 칸막이마다 젖 불은 암고양이가 사방팔방 눈뜬 채 잠든 남자들의 성기를 냠냠 핥아주고 있었다.
아이셔아이셔아이셔아이셔아이셔아이셔아이셔아이셔아이셔아이셔아이셔아이셔아이셔아이셔아이셔아이셔
열람실 칸막이마다 대가리가 오렌지만한 촌충이 사방팔방 눈뜬 채 잠든 나들의 머리통을 씹어삼키고 있었다.
쿵짝
제각각 이어폰으로 얼굴을 틀어막은 열람실 칸막이마다 눈뜬 채 잠든 신음이 안 보이는 공 테이프에 녹음되고 있었다.

글자들의 분만 공작소에서

화장실 문을 열자 살집 두툼한 해골들끼리 꼭 끌어안고 있었다. 풀 붙인 듯 끌어안은 살집 두툼한 해골들끼리 서로의 몸에 글자들을 발라주고 있었다. 다닥다닥 글자들이 발린 몸에 몸을 비벼가며 살집 두툼한 해골들끼리 서로의 몸에 발린 글자들을 뼛속 깊이 새겨넣고 있었다. 꾸욱꾸욱 글자들이 새겨진 뼈에 뼈를 부딪쳐가며 살집 두툼한 해골들끼리 서로의 뼛속에 새겨진 글자들에다 오래 삭힌 똥물을 들이붓고 있었다. 살집 뼛집 두툼한 해골들의 자궁 속에서 똥물을 먹고 자란 해골나무가 뿌리를 뻗고 있었다. 뿌리 뻗힌 해골나무의 썩은 넝쿨마

다 홀쭉하게 배를 불린 해골송이에는 호두 속같이 쪼글쪼글한 피부로 이미 늙어버린 해골아가들이 태어나고 있었다. 파뿌리 같은 흰 머리칼로 이미 죽어버린 해골아가들이 초유로 ㄱㄴㄷㄹ ㄱㄴㄷㄹ 초콜릿을 빨아먹고 있었다. 썩어 문드러진 틀니로 이미 화석이 된 해골아가들이 오늘자 일간스포츠 신문지 위에다 느릿느릿 가나다라 가나다라 된똥을 싸고 있었다.

4부 아는 사람입니까?

집으로

간다 옥상 빨랫줄에 걸린 기저귀 천이 수건돌리기 하다 집을 감싼다 집으로 간다 방방마다 문고리가 수갑인 집이 링 경기장에 매달린다 집으로 간다 거품 문 욕조 속에 밥상만한 맨홀을 품은 집이 코엑스 아쿠아리움 전시 수조 속에 빠져 있다 집으로 간다 낯익은 시체들끼리 꽉 껴안고 시즙을 짜 바른 집이 손에 잡혔다 달아난다 집으로 간다 집으로 안 간다 집으로 안 가는 길을 주렁주렁 암송아리가 매달린 식도에서 찾는다 집으로 안 간다 집으로 안 가는 길을 구둣발에 짓이겨 터진 지렁이에게서 묻는다 집으로 안 간다 집으로 안 가는 길이 쓱싹쓱싹 지워져버린다 집으로 안 가는 길에 다시 나는 집으로 간다 꼭 한 걸음 뒤에서 집이 날 졸졸 따라붙는다 집으로 간다 뒤돌아보면 꼭 한 걸음 뒤에서 집이 밟힌다

축! 생일

뒤돌아보니 거기 병정처럼 늘어선 문어들 허공에 대고 일제히 트럼펫을 불고 있었다 출렁출렁 무너져내리는 먹물빛 커튼 폭신폭신 발 빠지는 비루먹은 벼루 속에서 한 여자 오골계처럼 뼛속까지 새까말 것 같은 그녀가 솜이불 담았다 버린 검은 비닐봉지 뒤집어쓴 채 몸 뒤틀고 있었다

날개 없는 내 눈꺼풀이 날갯짓을 쳐댈 무렵이었다

여자는 두 팔 대신 가슴지느러미로 제 목구멍 깊숙이 제 목소리의 재를 삼켰다 *혈관을 찢어발길 듯 요동치는 검은 피*…… 여자는 두 다리 대신 꼬리지느러미로 제 비늘 틈틈이 제 살점의 재를 붓질했다 *살 밀리*도록 *두꺼워지는 검은 때*…… 여자는 두 가슴 대신 배지느러미로 제 눈 너머 제 울음의 재를 휘저었다 *그을음으로 침 냄새를 풍기는 검은 눈물*…… 가만 가만히 들여다보니 거기 피둥피둥 살찐 천사 하나 분유통 속에 파묻혀 드렁드렁 코를 골고 있었다 제발 눈 좀 떠봐요 아무리 흔들어도 눈 안 뜨는 천사는 팬티 라인 밖으로 삐져나온 엉덩이 살이 우울의 표적인 양 그늘진 그 더께를 향해 깨진 병 조각들로 표창을 날려댔다 괜찮아요 뾰족뾰족 너만 사랑해 살을 곤두세워준 얘네 땜에 하나도 아프지 않았던걸요 벽지 위로 널찍널찍 끼얹어지는 여자의 검은 망토 아래 똑똑 떨어지는 피의 포도송이마다 양은 세숫대야를 머리에

인 흑백의 물라토들이 포도껍질을 쭉쭉 찢어가며 와글와글 쏟아져나오고 있었다 웰컴! 웰컴! 이 냄새나는 것들이 대체 왜 내게 알은체를 하는 거야 퉤! 퉤! 코를 싸쥐었는데

어라 내 코는 없고 내 코는 허방이었다 나는 사라진 내 코를 찾아 냄새의 함정을 푹푹 찌르고 다니다 그만 그 속으로 훌렁 빠져버리고 말았다 여긴 또 어디람 열릴 듯 말 듯 살균된 노란 불빛을 오므렸다 벌리길 반복하는 은밀한 주둥이 밖으로 머리를 쑥 쏟트리자 아니 죽어도 내가 사랑해야 할 형제들이 찰랑찰랑 양수가 담긴 양은 세숫대야에 나를 풀어놓은 채 환호성을 질러대고 있었다 기름 쳐 달군 프라이팬 위를 뛰어다니는 물방울처럼 튀겨대는 그네들의 발 빠른 말을 다 알아들을 수 있었기 때문에 나는 울었다

깊은 밤 부엌에서

1

모서리진 네 귀퉁이마다 나사들
결승선에서 출발선을 향해 달려나가면
출렁출렁 사지가 묶여 있던 스케치북에서
까만 도화지 한 장 뜯겨져내린다
싱크대 위로 가스레인지 위로 칼도마 위로
핀셋으로도 집히지 않는 마이크로-마이크로 초미니
먹물 세포의 눈물방울이 먹물을 쏘고 먹물은
까만 담요를 뒤집어쓴 뚱보의 작은 집을 쏜다

2

뚱보가 뚱보의 작은 집 안에서 뚱보를 찾는다
날 때부터 작은 집 안에서 낮잠중인 뚱보는 1초에
1킬로미터씩 우주를 향해 뱃살을 날리고 뚱보의
작은 집은 1초에 1평방킬로미터씩 평수를 좁혀온다

뚱보 게 없냐?
뚱보가 뚱보의 작은 집 창살에 코알라처럼 매달린
뚱보를 다시 찾는다 뚱보가 뚱보를 부르면 뚱보의
작은 집 창살은 빽빽한 빙산으로 병풍을 둘러치고
뚱보가 눈을 감으면 뚱보의 작은 집 창살은
뚱보의 이빨에 넝쿨 뻗은 은빛 교정기로 빛난다

뚱보 게 있냐니까?

잠든 뚱보의 몸속에 동맥 다발처럼 뻗쳐 있는 지퍼가
일제히 벌어져내린다 목뼈를 타고 척추를 따라
대퇴부를 거쳐 새끼발가락뼈까지 촘촘히 깔린 레일이
치골처럼 툭 터진 채 갈라져내린다 절벽 아래선 넘실
넘실거리는 검은 쓰레기봉투의 튼 살결 속으로 헤엄치는
틀니들 틀니만 골라 틀니를 물어뜯고 물어뜯긴 틀니는
물어뜯길 틀니만 골라 거푸거푸 새 틀니의 형을 떠낸다
뚱보는 어디로 갔나

뚱보는 전복된 쓰레기 열차 안에서 잠든
뚱보를 다시 또다시 찾는다 베개처럼 두 다리 사이에
미추왕릉을 끼워넣고 잠이 든 뚱보는 코를 후벼파듯
무덤 속을 빡빡 긁어가며 빈 주걱을 퍼올리고 있다
팔다리가 몽땅 동강 난 토우가 피리 대신 입에 문
숟가락으로 빈 주걱을 빡빡 긁어대고 있다

3
뚱보는 이제 뚱보의 작은 집 안에서 뚱보와 만난다
흰 시트가 깔려 있는 식탁 위에서 뚱보는
뚱보와 얼싸안자마자 접시가 된다 막 달군 피자치즈처럼
찍찍 늘어났다가 줄자처럼 되감길 줄 아는 접시
그러나 배고픈 접시는 언제나 접시의 얼굴이다 포개진
두 개의 접시가 식탁 아래로 떨어져 깨어질 때 투명한

네 개의 유리구슬은 동시에 바닥 위로 솟구쳐오른다

두 겹의 호호(好好)

취포를 굽자 오그라드는 내 등뼈처럼

그것은 살짝 열린 야만

네 눈 속에 촛불은 다 꺼지고

겨드랑이에서 때 밀리는 암내와

턱은 깎지 않은 수염으로 무거워졌으니

숨은 집 찾기 놀이

1

길 한복판에서 소년이 오줌을 갈기고 있다 집에 좀 데려다줘 소년은 내게 펌프 우물 같은 오줌발을 쏴대며 키득키득 웃어댄다 집에 좀 데려다줘 나는 내리 3일 동안 옹송그리고 앉아 소년의 오줌을 맞는다 싸다 싸다 오줌이 졸아붙은 소년은 피와 수액에 정액까지 몽땅 다 짜내버린다 아이 참 집에 좀 데려다달라니까

말라 구겨진 소년을 흔들어대다 유모차를 밀고 가는 한 엄마를 만난다 탁구채로 두들겨 맞았는지 한 엄마의 부어터진 음부가 속치마 위로 불끈 솟구쳐 있다 집에 좀 데려다주세요 한 엄마는 두르고 있던 차도르를 벗어 내게 씌워주며 유모차에 앉혀두었던 유리병을 죄다 열어 보인다 포르말린이 담긴 병마다 껍질 벗긴 영계 같은 태아가 가부좌를 틀고 있다 집에 좀 데려다주세요 주둥이 속으로 내 머리를 쑤셔넣으려는 한 엄마가 미끌미끌 순식간에 병 속으로 빨려들어가 방부 상태로 썩어간다 아이 참 집에 좀 데려다달라니까

홀로 차도르를 뒤집어쓴 내가 빨간 불빛을 향해 뛰어갔을 때 거기 대성설비 간판 아래 홀딱 벗은 주인 남자가 차려 하고 서 있다 집에 좀 데려다주세요 두툼한 옥가락지를 낀 불룩불룩한 주인 남자의 음경이 철제 물뿌리개의 주둥이처럼 팔 뻗어 내게 하이! 하고 인사한다 집에

좀 데려다주세요 나는 목 길게 뺀 주인 남자의 성기를 꺾어들고 침을 쭉쭉 묻혀가며 콘크리트 바닥 위에 우윳빛 글씨를 적어 보인다 아이 참 집에 좀 데려다달라니까

피 맺힌 제 살 맛을 보듬어 안은 채 울고 있는 주인 남자의 입에 입던 팬티를 물리고는 달리는 열차에 뛰어든다 눈 없이 옆 사람의 가방을 찢는 소매치기가, 눈 없이 신문을 읽는 노인이, 눈 없이 아이섀도를 칠하는 여인이, 눈 없이 키스를 나누는 연인이, 눈 없이 열차를 모는 운전사가 없는 눈으로 힐끔힐끔 날 쳐다보며 코를 싸쥔다 집에 좀 데려다주세요 눈 없는 사람들이 날 피해 창을 깨부수고 차례차례 뛰어내린다 집에 좀 데려다주세요 마지막으로 운전사가 탈출하자 영차영차 눈 없는 사람들이 일제히 힘을 모아 절벽 아래로 열차를 떠민다 아이 참 집에 좀 데려다달라니까

2

굴러 굴러 흙속에 파묻힌 나는 무덤으로 둘러쳐진 병풍 속에서 몸 털고 일어선다 그 속에서 유한락스에 밥 말아먹고 죽은 할아버지가 걸어나와 호두 까듯 지팡이로 내 머리통을 후려친다 할아버지 여긴 어쩐 일이세요? 요년아, 집에 안 들어오고 어딜 그렇게 싸돌아다니냐 할아버지가 앗 추워라 오리털 점퍼를 겹겹이 껴입자 침몰된 서해 페리호에서 일주일 만에 건져올린 삼촌이 밀가루

묻힌 동태 살 같은 얼굴로 오리털 점퍼의 지퍼를 채워 올린다 삼촌, 여긴 어쩐 일이야? 민정아, 집에 안 들어오고 어딜 그렇게 쏘다니니? 내 머리칼을 쓰다듬는 삼촌의 손가락이 반 딱 가른 나무젓가락만큼 얇아지자 팥알 같은 젖꼭지를 도둑맞고 시름시름 코스모스로 몸 바꾸던 정민이가 건반 없는 피아노로 레퀴엠을 탄다 정민아, 여긴 어쩐 일이야? 민정아, 집에 안 들어오고 어디 갔었어 정민이는 이쑤시개 같은 제 손가락을 이어 내 치수를 잰다 차곡차곡 주름 잡듯 내 몸을 접어 박음질을 하는 정민이가 응애응애 울더니 아직 눈 못 뜬 나로 맨발바닥을 뜯고 나온다 얘야, 여긴 어쩐 일이니? 너랑 교대하려고 지금껏 기다렸지!

나와 하이파이브하자마자 아기는
내가 걸어온 길을 탯줄처럼 휘어감고
데굴데굴 몸 말아나갔다 아기의 몸이
포장 직전의 달달 감긴 털실처럼 뚱그래질수록
엄마는 한밤에도 낮잠을 자고 한낮에도 밤꿈을 꾸었다
집에 좀 데려다줘 엄마 이제 나 술래 안 할래
그러자 엄마는 찢어 벌린 내 입속에
팔뚝만한 똥자루를 줄줄이 떨궈뜨리는 것이었다
에게, 이게 우리집이야?

자다 똥독이 올라 죽었다는 내 묘비명을 읽고 벌써부터

내 손자란 놈이 저만치에서 달려오고 있었다

자…살…자

앉으면 오줌을 지렸다 서면 망치가 무르팍에 못을 박았다 다리를 끌어안고 혀를 씹었다 날아지지 않았다 날선 가위로 귀밑까지 싹둑싹둑 입을 오렸다 빨간 고무 다라이 위로 불어터진 혈관이 피 우물로 똬리를 틀었다 날아지지 않았다 한 다발의 화약을 삼켰다 불붙은 성냥갑이 목젖에 줄을 걸어 그네를 뛰었다 몸의 절반이 사라졌다 그림자는 두 배로 껑충 뛰었다 날아지지 않았다

끈 풀린 캐스터네츠가 떠는 이 소리를 냈다 도처에 넝마처럼 널려 있던 살점들이 입을 오므려 우우 하고 대답했다 누군가 휘파람을 불어 음계로 된 지도를 안내했다 그 길을 밟아 모인 살점들이 모닥불을 피워 피를 말렸다 지글지글한 비계 냄새를 풍기며 살점들이 구워졌다 눈알 한 개가 구운 살 밖으로 튕겨나갔다 눈알 두 개가 튕겨나간 눈알 한 개 속에서 다시 튕겨나갔다 루트 밖으로 튕겨나간 눈알들이 제곱에 제곱을 걸어 다시 또다시 튕겨나갔다 쉴새없이 나를 찍고 또 찍고 찍어대는 밤이 그러나 늘 들키고만 있었다

노래하는 내 입에서 피에 전 생리대 냄새가 났다 물컵을 물고 누워 옷걸이를 생각했다 옷걸이에 다리를 걸고 서서 땅을 파헤쳤다 깨진 조약돌 같은 별들이 땅속에 박혀 신음하고 있었다 잘린 저 닭발들도 무지 피곤할 거야 그치? 별 하나를 어루더듬어주자 그대가, 머리통을 잃어

버린 그대가 땅을 부수고 나와 내 목에 깍지를 꼈다 나는 안 가 나는 안 갈래 씹고 있던 면도칼을 뱉어 나는 그대의 팔다리를 채쳐나갔다 그대가 흩어져 나뒹구는 손발가락을 일일이 끼워보는 동안 나는 오리발 같은 손바닥을 펼쳐 따박따박 도망치고 있었다

전기톱만한 포크로 손이 자라난 그대가 지휘하자 신음하는 별들이 박자에 맞춰 댕겅댕겅 땅 밖으로 목을 뽑고 있었다 날개 단 핏방울들이 앞서 날아와 내 어깨에 고리를 걸었다 저 경단같이 말간 머리통들, 참 맛있겠지? 초고추장 푹푹 찍어 먹으면 아마 더 맛 좋을 거야 나는 더 더욱 이를 악물고 찔끈찔끈 고리를 끊어나갔다 눈앞에서 버스가 날 기다리고 있었다 버스에 탄 사람들 모두 차려 자세로 앉아 잠든 뒤였다 오라이 오라이 아저씨 얼른 가요 버스가 출발하자 사람들의 발밑으로 색색의 보자기가 흘러내렸다 여기가 어디쯤일까요 그때 어디선가 질겅질겅 떡 씹는 소리가 났다 수십 개의 ㄴ 자가 덜컹이더니 마침표들이 사라졌다 다들 어디 간 거예요 백설기를 뜯어먹는 우글우글한 머리통들이 만두 속처럼 거울 안을 꽉 채우고 있었다 아저씨, 아저씨, 차 좀 세워주세요 운전사 아저씨가 나를 향해 뒤를 돌았을 때 거기 윤곽 없는 얼굴이 모자를 꾹 눌러쓰고 있었다 살결 고운 낫을 내 목에 걸어주며 아저씨가 이건 목걸이야, 라고 말했다

—네, 그래요 그건 그냥 목걸이였다네요

때때로 목걸이를 뽐내다 목걸이에 목 졸린 사람들이 화상 입은 얼굴로 픽픽 쓰러지곤 하였다 사인은…… 그해 겨울 심장마비로 죽은 사람이 한 집 건너라 했다

쉴새없이 죽은 자들의 야참이 배달되어온다

얼굴 없는 사람들이 땅속에 종아리를 파묻은 채 서로 싸우고 있었다. 막 떠내려 온 그림자 하나를 독차지하기 위해 그들은 통통하게 살찐 까만 깨를 손톱 깊숙이 숨기고 있었다. 갈퀴를 닮은 손과 손이 엇갈리면서 휘어진 그들의 칼날은 파닥파닥한 푸른 불꽃으로 별들에 가 불붙었다. 손끝마다 대침처럼 이가 다 갈린 주사기들이 별 문양이 새겨진 그림자의 폐부에 입을 꽂고 괄약근을 벌렸다 오므렸다 펌프질을 시작했다. 마냥 졸린 포도색 심장에 홀이 파이고 굵은 레이스실 같은 혈관 가닥 가닥으로 치마를 떠 입은 개미떼들이 똥꼬에 똥꼬를 물고 빨려 올라올 때 저 멀리 아주 가까이, 어둠의 투망에 걸려든 또하나의 발목이 요령 소리를 흘렸다. 야호! 야호! 환호성을 지르는 입 없는 얼굴들이 땅속에 허벅지를 파묻은 채 따끈따끈한 새 그림자 위에 침을 바르고 있었다. 미처 다 빨리지 못한 그림자는 속울음을 울며, 없는 가슴을 탕탕 치며, 우그러진 몸속에서 너덜너덜해진 제 살점들과 무른 뼛조각들을 건져 훠이! 훠이! 땅 위에다 뿌리고 있었다.

똑똑, 몽유병 환자에게로

똑똑, 가지런한 목소리로
똑똑, 내가 왔어요
똑똑, 내 양 귓불에 걸린 은종(銀鍾)들 쉽게 울어댔어요
똑똑, 그건 목 꺾인 잔가지들
목 타는 소리를 들었기 때문이에요

똑똑, 타다 만 당신의 뼈들이 달그닥달그닥
재 속에서 제 심박동을 밟고 일어나 내게 명령했어요,
마저 거둬오너라 하고 말이죠
똑똑, 당신은 나의 그물 침대 나는
설핏한 당신 그림자 위에 누워야 잠들 수 있어요 그러니
똑똑, 꺾은 괄호처럼 나를 향해 당신
허리 깊숙이 몸 기울여줘요

달이 나면 철심 든 뼈로 선 나무들
일제히 향내 나는 식초를 들이켠 채 흐물흐물
달군 프라이팬 위에 떨궈놓은 한 덩어리 버터처럼
녹아 흐를 테예요 오오 천천히 아주
천, 천, 히,
황노란빛 강물에 귀를 처박고 들어봐요

똑똑, 밤의 붉은 나방이들 양날개 터는 소리
똑똑, 수억조경의 정충들 생지랄을 떨며 꼬리 떼려고,
꼬리 떼려고 제 성기들 아스팔트 위에 비벼대는 소리

똑똑, 끓는 기름이 물 튀기듯 배꽃 같은 튀기들
팡팡 튀겨지는 소리, 오오
똑똑, 깨물린 혓바닥이 녹아 피로 거품을 낸 저
강 위에 떠 있는 거룩한 거룻배, 거룻배를……

기억하시죠?
잠깐이라면서 나가더니 여태 안 돌아오는 당신을요

나의 그곳을 알거나 혹은 모르거나

국기 게양대에 걸린 태극기가 펄럭입니다.
펄럭이는 태극기 뒤에 꼭 한 사람이 붙어 있습니다.
아는 사람입니까?
물론 아는 사람입니다.
그래서 나는 아직도 나의 그곳을
칫솔로 닦는답니다.

정액으로 푹 젖은 티슈가
종이비행기로 접혀 날아다닙니다.
종이비행기에 탑승한 정자들이 인원 초과라
자꾸만 가라앉습니다.
아는 정자들입니까?
물론 모르는 정자들입니다.
그래서 나는 아직도 나의 그곳을
비닐 랩으로 씌워둔답니다.

진도모피 할인 매장 안에
홀딱 벗은 마네킹이 노래합니다.
뒤엉켜 전신주를 목 조르는 전깃줄들이
팽팽한 현을 코드 잡아 반주합니다.
아는 노래입니까?
물론 아는 노래입니다.
그래서 나는 아직도 나의 그곳을
파우더로 두드린답니다.

칼 가위로 짤록짤록 잘려나간 모가지들이
뒹굴뒹굴 굴러다닙니다.
굴러다니는 모가지들이 뒤바뀐 몸뚱이를 찾아
집집마다 쓰레기통을 뒤지고 다닙니다.
아는 모가지들입니까?
물론 모르는 모가지들입니다.
그래서 나는 아직도 나의 그곳을
에나멜로 칠해둔답니다.

불가피한 잠입

고대 히브리어처럼 흐리마리한 이정표를 따라 검은 눈 속의 도시로 들어섰다 낮작낮작 몸 낮추는 길 위로 구겨지고 찢긴 약도들이 나뒹굴고 있었다 집집마다 내다 버린 쉰김치가 지하로 흐르는 강을 푹푹 썩히고 집집마다 팔뚝만한 똥 줄기들이 세면대 위로 솟구쳐오르는 걸 나는,

보았다 똥독 오른 입술로도 밀어를 속삭이던 연인이 하룻밤 새에 불구대천지 원수가 되고 슬그머니 투견장으로 간판을 칠해 다는 불 다 꺼진 거리에 불 켠 앵두알 같은 눈알을 죄 따먹어버린 늙은 수캐들의 미주알은 푹푹 썩어문드러지고 있었다 줄줄이 새어나오는 구린 창자를 움켜쥔 채 수캐들은 뒷걸음치면서도 암캐들의 목덜미를 죄 무뜯어놓고 멀리 냄새 맡고 날아든 멧비둘기들은 피부침개 위에서 찰박찰박 발장난을 쳐댔다 죽어가면서도 피똥 같은 새끼들을 쏴대는 암캐들의 젖꼭지에선 시뻘건 녹물이 녹아 흐르고 그걸 핥는 아버지들의 잘린 성기가 딸들의 팬티 속에서 삐죽삐죽 솟아올랐다 아이 꼬스워라 꼬스워 쓰레기통 속에 처박힌 살점들이 식은땀처럼 피를 줄줄 흘리는데,

웃고 있었다 누덕누덕한 누더기 이불처럼 서로서로의 토막 난 살점에 살점을 기워 한 살집이 된 아이들이 조각난 제 살점들을 찾아다가 입에 물고는 공터에 모여 불을 피우고 꼬챙이에 끼워 호호 불어 호호 불어…… 아냐 내

가 그런 게 아냐 믿어주……세…… 아이 참, 얘들아 너희들 비계는 다 어따 감춘 거니? 배 가른 생선처럼 속 발라낸 불두덩이가 빨랫줄 위에 집혀 말라가는 동안 비닐봉지 안에 피 묻은 회칼들은 코를 싸쥔 채 회심의 원샷을 나누고 나는 정말 아니라니까 참다못한 샛별장의사 경리 K양이 질 속에 쇠파이프를 쑤셔박은 채 열린 관을 향하여 토끼뜀을 뛰어 들어간다

……두고 봐, 피가 차가운 저 시체랑 꼭 살 섞어버리고 말 테니까

나는 그곳에 서서 내 자신의 무덤을 판다*

어린 수소만한 개들이 횡단보도로 뛰어든다 옻칠을 해 반질반질 윤이 흐르는 검은 털을 말아쥔 채 이랴 이랴 개를 모는 살찐 사마귀들이 내게만 살짝 톱날 같은 송곳니를 자랑한다 달리는 차들마다 길 건너는 사람들마다 개들의 몸속으로 쏘옥 쏙 빨려든다 그리고 사각사각 살 갉히는 소리…… 건너지 말아요 저 사마귀들 안 보여요? 사마귀들의 송곳니가 앞다투어 무릎을 늘여 선다 두리번두리번 나는 바닥에 깔린 팔방 보도블록을 하나 파서 개 한 마리의 등뼈를 과녁 삼는다 티스푼으로 정가운데를 떠먹힌 물컹물컹한 젤리처럼 개의 몸통이 팔방 무늬로 푹 패었다 다시 부푼다 두리번두리번 팔방 보도블록을 또하나 파내 들었을 때 누군가 꽹과리 볼 깨뜨리듯 날 두드려댄다 누 구 세 요 ? 내 몸 위로 랩 씌운 그릇들이 뒤집어져 국물이 쏟아지고 불어터진 면발이 토막 난 산낙지처럼 꿈틀거린다 중화요리전문 임청하, 라고 붉은 글씨로 쓰여진 철가방 속에서 질겅질겅 껌을 씹어대는 배달원이 오토바이를 끌고 나온다 달려나가려던 차들마다 길 건너려던 사람들마다 웅성웅성 내 주위로 몰려든다 군데군데 웅덩이로 고인 짬뽕 국물 속에서 퍼즐 조각처럼 갈가리 쪼개진 내가 송장헤엄을 치고 있다 개 타다 내린 사마귀들이 다 자란 앞다리로 날 향해 목발 짚어온다 목다리에 꼬치처럼 몸 꿰이지 않으려고 나는 개의 등짝 위로 뛰어올라 개털 한 가닥을 차지한다 어미 수소만하게 자라난 개들이 그다음 횡단보도를 향해 질주해가고 있다

* 케테 콜비츠의 그림.

날마다 숨어 기다리는 총알

1

청진기를 갖다대보면 쉴새없이 콩 볶는 소리가 귀를 태웠다. 제 고막을 꺼내다 진공청소기로 샅샅이 훑거나 탈수기로 탈탈 짜보지만 날마다 너는 한 알의 콩알도 집어먹지 못했다. 날마다 너는 어지럼증과 구토를 호소했고 날마다 너는 공전과 자전을 까먹었으며 날마다 너는 맷돌처럼 굳어져갔다. 화성에서 왕진을 온 의사는 병명을 아는 듯하였으나 그의 방언은 방언을 더해가고 구급차에 실린 너는 응급실로 가 잠들었다.

2

만나면 반갑다고 사람들은 총을 쏘았다. 만나면 안 반갑다고 사람들은 총을 쏘았다. 총을 쏘면서도 사람들은 총을 몰랐다. 총이 총을 알아보는 즉시 저 스스로 방아쇠를 당겼기 때문이다. 총을 쏘면서도 사람들은 총을 상상하였고 그때마다 파블로프의 개처럼 사람들의 혀끝에서는 침이 뚝뚝 떨어졌다. 총을 쏘면서야 비로소 이게 총이구나 했던 사람들은 총알을 걱정하였고 그때마다 시름시름 발치에 쓰러지는 사람들이 있었다. 총을 쏘면서도 총을 쐈다고 말한 사람은 아무도 없었다. 그러나 살아 있는 과녁들은 누구나 명사수로 이름을 날렸다.

3

지구 안의 모든 실내 사격장은 온 거리를 세놓고 문밖

으로 좌석을 날랐다. 오락실 주인은 일찌감치 그 자리에 앉아 조이스틱을 조종해대고 있었다. 모니터 아래 날마다 총알경보는 발효중이었고 날마다 총알받이로 고용된 사형수들의 횡격막은 질겨졌으며 날마다 입술이 푸른 물고기들이 강바닥 위로 떠올랐다. 모니터 아래 십자로만 골라 총을 맞는 사람들도 있었으나 그건 벌어진 셔츠 사이로 삐져나온 가슴털처럼 은근슬쩍 상흔을 자랑하고픈 남자들의 철지난 유행일 뿐 엄마들의 입속에서 산란되는 세상 모든 아가들은 총구를 입에 문 채 부화되고 있었다.

4

응급실에서 잠든 너는 눈을 떠도 깨어나지 못했다. 수술대 위로 옮겨진 너의 입에 산소호흡기가 물리고 낫과 같은 초승달이 네 심장부를 쓸고 지나갔다. 수박을 쪼개듯 깊이 박힌 칼날이 청동빛 숲을 반 가르자 푸르스름한 나무들이 겹겹이 쓰러지고 또 쓰러졌다. 납독에 올라 비틀린 가지를 부들부들 떨면서도 나무들, 손안에 무더기로 움켜쥔 총알에 총알을 제곱해나가고 있었다. 화성에서 왕진을 온 의사는 병명을 모르는 듯하였으나 그의 젓가락은 콩장에 콩장을 집어먹느라 바빠지고 아무도 살지 않는 별 같은 냄새를* 너는 풍기기 시작했다

* 아무도 살지 않는 별 같은 냄새를 지구는 풍긴다: H.M. 엔첸스베르거의 시 「마케도니아의 목자, 롯을 위해서」 중에서.

내내

불편하고 편안한 옷차림의 일요일이 매일 같았다 그리고 오늘 울다 웃으며 하품하는 입이 내 얼굴을 먹어버렸다

목젖 깊숙이 피켓을 꽂은 채 나는 거리로 나섰다 그러자 전광판에 불을 켠 모든 네온 간판들이 내 이웃으로 깜빡거렸다 다만 다 꺼져버리기 위하여

내겐 붓이 필요했다 명필서예학원 원장 선생이 제 등뼈를 구부려 치렁치렁 발을 드리운 머리칼로 내 이름을 휘갈길 때 그러나 나는 도무지 쓰일 줄 모르는 밤의 빈 페이지 위에서 네모진 내 명찰의 테두리를 삐뚤빼뚤한 레이스의 스텝으로 장식할 수밖에 없었다 언제나 위층 재즈댄스학원에서는 타닥타닥 발바닥들이 구워지고 있었으니 다만 다 타버리기 위하여

나는 데굴데굴 굴러갔다 그러므로 참빗이 되려마 기도하듯 오므린 굴착기의 버킷 안에서 나는 숫자 적힌 복권 추첨용 공처럼 맘껏 뒤섞여서는 골라주는 손 하나를 기다리고 있었다 조물조물 만 가지 표정으로 콕 집혀서는 만득이 인형으로 다만 머잖아 다 팔려나가고 말 것을 알기에

해빙

검은 가죽장갑을 벗어 침대 끄트머리에 놓아두었다. 아슬아슬 매달리는 한 손과 떨어지는 한 손, 빗긴 그 도르래를 따라 코 끝 점 딱 찍어 일자로 다리 찢는 컴퍼스가 있었는데 그리로 뒤엉킨 철 수세미는 퐁퐁 없이도 희게 번들대는 입이었다. 너! 15센티미터 쇠자로 관 속 같은 주둥이를 못질당하던 기억 속에 쾅쾅, 너! 기름 친 불판 위에서 호떡 같은 아가리를 지짐당하던 기억 속에 쾅쾅, 너! 맞꼭지각처럼 이마를 맞댄 나팔들은 죄다 감기에 걸려 트럼펫처럼 코가 길어졌는데 그리로 뚝뚝 콧물처럼 흘러내리던 회백색의 박하산 아래 깔려 죽은 검은 풍뎅이는 배턴을 입에 문 채였다. 그렇게 납작해진 먹구름 한 장 걷히고 텅 빈 트랙 위로 말랑말랑한 가래떡이 끈기 있는 빛으로 원을 돌며 똬리를 트는 아침, 빨랫줄 위의 흰 와이셔츠들은 펄럭펄럭 잃어버린 제 손을 부르느라 벌써부터 까맣게 타들어간 입으로 단내를 풍기고 있었다.

탈출

비린내 때문에 웅크려 잠든 내 코가 점점 키 자라고 있었다. 까슬까슬한 털투성이 내복을 껴입고서도 검은 두 줄기의 안테나는 연신 벌룽거리며 머리 시려 머리 시려워 하는 갈고리촌충처럼 모가지를 쭉쭉 뽑아올렸다. 찢어 벌린 두 허벅지가 어둠 속에서 칼싸움을 하듯 푸른 불꽃으로 엇갈릴 때, 거기 얼굴 찡긴 꼭지각이 양 날개를 펼쳐 형광등을 힘껏 끌어안았다. 뺑! 소리와 함께 뒤집어진 삼각 플라스크 속에서 눈 먼 용광로같이 부글거리던 하얀 페인트가 펄펄 끓어 넘쳤다. 방 한 가득 뜨겁고 끈적끈적한 물풀이 수백만 겹의 압지를 한 장 한 장 넘겨가며 날 집어삼키기 시작했다. 피와 살점이 뒤엉켜 얼룩덜룩하게 덧칠된 책장으로 나는 자꾸자꾸만 페이지를 매겨나갔다. 살아 꿈틀거리는 내 페이지를 핥을 때마다 김PD는 뜨고 싶으면 여기 가서 코부터 만들어, 하며 이름난 성형외과 의사의 명함을 줄기차게 내밀었다. 안 보이세요? 저기 에스컬레이터를 타고 끝도 없이 올라가고 있는 게 내 코잖아요. 김PD가 투덜거리며 내 사진첩을 내던지는 순간, 그 속에서 검은 코끼리 한 마리 비로소 그 긴 코를 장대 삼아 무사히 뛰어내릴 수 있었다.

그저 어항

방에서 나와 방문을 잠근다 열쇠는 오도독오도독 소리 나는 소리 안 나게 부수어진 이로 주전부리 삼아버리고 다시 방문을 두드린다 게 아무도 없나요? 내가 오른손으로 문 똑똑 두드렸을 때

게 아무도 없나요? 하며 왼손으로 문 똑똑 두드리는 내가 내 앞에 서 있다 나는 나에게 손 내민다 X자로 교차하여 터치한 배턴을 움켜쥔 채 나와 나는 서로의 나를 향해 전력 질주해 들어간다

눈 떠보니 거울 달린 내 관 속이었다

음모(陰毛) 한 터럭 속에 세상 모든 음모(陰謀)가 다 숨어 있듯이

—즈비그니에프 헤르베르트*의 「단추」를 위하여

가장 뻔한 옛이야기, 그것은 우리들 누구나의 이야기. 내가 슬픈 건 언젠가 내가 족집게였을 때 미처 다 안 뽑혀버린 이야기. 엄마는 그때 또 나를 낳고 있었지.

* 폴란드의 시인.

문학동네포에지 017
날으는 고슴도치 아가씨

초판 1쇄 발행 2021년 3월 30일
초판 2쇄 발행 2021년 4월 15일

지은이—김민정
책임편집—유성원
편집—김필균 김동휘 송원경
디자인—이기준
마케팅—정민호 김도윤 최원석
홍보—김희숙 김상만 함유지 김현지 이소정 이미희 박지원
제작—강신은 김동욱 임현식
제작처—영신사

펴낸곳—(주)문학동네
펴낸이—염현숙
출판등록—1993년 10월 22일 제406-2003-000045호
주소—10881 경기도 파주시 회동길 210
전자우편—editor@munhak.com
대표전화—031-955-8888 / 팩스—031-955-8855
문의전화—031-955-3570(마케팅), 031-955-8865(편집)
문학동네카페—cafe.naver.com/mhdn
트위터—@munhakdongne
북클럽문학동네—bookclubmunhak.com

ISBN 978-89-546-7777-6 03810

www.munhak.com
문학동네